华夏文库·道教与民间宗教书系

八仙考

张方 著

中原传媒 中州古籍出版社

图书在版编目（CIP）数据

八仙考 / 张方著. —郑州：中州古籍出版社，2020. 4
（2022. 12 重印）
（华夏文库道教与民间宗教书系）
ISBN 978-7-5348-9102-1

Ⅰ. ①八… Ⅱ. ①张… Ⅲ. ①民间故事 – 文学研究 – 中国 Ⅳ. ① I207.73

中国版本图书馆 CIP 数据核字（2020）第 059363 号

BAXIAN KAO
八仙考

总 策 划	耿相新　郭孟良
项目协调	单占生
项目执行	萧梦麟
策划编辑	肖　泓
责任编辑	肖　泓
责任校对	张　颖
封面设计	新海岸设计中心
版式设计	曾晶晶
美术编辑	王　歌

出 版 社	中州古籍出版社（地址：郑州市郑东新区祥盛街 27 号 6 层　邮编：450016　电话：0371-65723280）
发行单位	河南省新华书店发行集团有限公司
承印单位	河南新华印刷集团有限公司
开　　本	640 mm×960 mm　1/16
印　　张	8.5
字　　数	100 千字
印　　数	2 001—4 000 册
版　　次	2020 年 5 月第 1 版
印　　次	2022 年 12 月第 2 次印刷
定　　价	27.50 元

本书如有印装质量问题，请联系出版社调换。

目录

一 八仙人物的来历及其组合

1 八仙组合的形成、演变与定型 ……… 2
2 张果老 ……… 8
3 韩湘子 ……… 13
4 钟离权 ……… 18
5 吕洞宾 ……… 24
6 铁拐李 ……… 31
7 蓝采和 ……… 37
8 何仙姑 ……… 42
9 曹国舅 ……… 48
10 徐神翁 ……… 53
11 刘海蟾 ……… 60
12 张四郎 ……… 65

二　八仙故事的渊源及演变

1　八仙过海 ················ 70

2　八仙庆寿 ················ 76

3　黄粱梦 ·················· 81

4　三戏白牡丹 ·············· 88

5　飞剑斩黄龙 ·············· 93

6　吕洞宾度老树精 ·········· 98

三　八仙信仰对后世的影响

1　八仙与道教 ·············· 105

2　八仙与民俗 ·············· 110

3　八仙与文学 ·············· 116

4　八仙与名胜古迹 ·········· 121

小知识目录

张果老倒骑驴故事的由来 ………………………… 12

钟离权为什么被称为汉钟离 ……………………… 22

吕祖药签 …………………………………………… 29

蓝采和是男还是女？ ……………………………… 41

何仙姑宝卷 ………………………………………… 47

刘海戏金蟾 ………………………………………… 63

八仙与武术 ………………………………………… 74

钟离权十试吕洞宾 ………………………………… 86

狗咬吕洞宾 ………………………………………… 102

暗八仙 ……………………………………………… 114

一 八仙人物的来历及其组合

现如今，众所周知的八仙组合是汉钟离、吕洞宾、蓝采和、铁拐李、韩湘子、张果老、何仙姑、曹国舅八位神仙。除此之外，徐神翁、张四郎、刘海蟾、贺兰仙等仙人，也曾在历史上某一个时期位列八仙。关于这些仙人的来历，可谓千差万别，有的历史上实有其人，经过民间演绎而成仙，有的则纯粹是传说中的人物；这些仙人的传说，有的在唐代就已经有的，有的则到了元代才出现；这些仙人的身份，上有皇亲国戚，下有残疾乞丐，男女老少，富贵贫贱，文庄粗野，莫不具备。但是，在数百年间，这些八仙人物经过了世俗社会的无数次加工、提炼、想象与传播，逐渐演变成了最受民间欢迎的神仙群体，对于他们的故事，人们口耳相传，喜闻乐道。这无论是在中国宗教史上还是文学史上，都可谓是一个奇迹。

1 八仙组合的形成、演变与定型

八仙信仰的形成源于民间，八位仙人以其独特的形象深得世俗百姓的喜爱。现在民间常说的八仙是指汉钟离、吕洞宾、蓝采和、铁拐李、韩湘子、张果老、何仙姑、曹国舅八位神仙。但是，这八位神仙的组合并不是一开始就有的。它是在道教传播的过程中，经过民间传说、文学创作的改造，把历史上深受民间社会崇敬的神仙拼凑在一起，逐渐形成的。他们的形象经过了世俗社会的无数次加工、提炼、想象与传播，才发展演变成今天这个模样。

从数字"八"来说，我国自古就有以"八"言事的传统。受《周易》八卦的影响，古代有很多与"八"有关的词语，如八风、八极、八维、八柱等，用来表示宇宙方位。道教兴起以后，修道成仙的观念深入人心，又出现了"八仙"的概念。

"八仙"一词最早出现于东汉，《牟子理惑论》中云："王乔、赤松、八仙之箓，神书百七十卷"。但是，这里只提到了"王乔""赤松"两位仙人，这里的"八"字应该代表多的意思。

从现存资料来看，八仙作为明确的组合，首次出现于南北朝时期。

他们是号称"淮南八仙"的八位文士,当时被称作"淮南八公",即:左吴、李尚、苏非、陈由、毛周、雷被、晋昌、伍被。这八位文士是汉代淮南王刘安所招数千门客中的佼佼者。东汉王逸《招隐士序》曾云:"昔淮南王安,博雅好古,自八公之徒,咸慕其德而归其仁,各竭才智,著作篇章,分造词赋。"可见,八公原来并非神仙,只是一些文采出众的人物。但是,到了南北朝时期,民间出现了淮南王刘安成仙飞升传说,而这八位跟随他的文士也被世人附会与刘安一起成仙,被称作"淮南八仙"。

唐五代时期,又出现了不同的"八仙"组合。《通典》记载唐代有《八仙图》,又有《八仙传》一卷,为江积撰。江积所撰《八仙传》中是哪

明张路绘钟吕二仙像

八位神仙，因书久佚，不可得知。五代时期，景焕《野人闲话》亦记载有《八仙图》，讲的是西蜀道士张素卿绘八仙真形八幅，献于蜀主孟昶，图中所绘为李已、容成、董仲舒、张道陵、严君平、李八百、长寿、葛永瓌，此八人皆在蜀地成仙，因此又被称为蜀八仙，这一组合具有浓厚的地域色彩。另外，唐五代时期的文人也爱称"仙"，最著名的当数唐代"酒中八仙"。杜甫那首脍炙人口的《饮中八仙歌》云：

> 知章骑马似乘船，眼花落井水底眠。汝阳三斗始朝天，道逢麴车口流涎，恨不移封向酒泉。左相日兴费万钱，饮如长鲸吸百川，衔杯乐圣称避贤。宗之潇洒美少年，举觞白眼望青天，皎如玉树临风前。苏晋长斋绣佛前，醉中往往爱逃禅。李白一斗诗百篇，长安市上酒家眠，天子呼来不上船，自称臣是酒中仙。张旭三杯草圣传，脱帽露顶王公前，挥毫落纸如云烟。焦遂五斗方卓然，高谈雄辩惊四筵。

杜甫诗中描述的是同时代的八个"酒仙"，这八人依次是贺知章、李琎、李适之、崔宗之、苏晋、李白、张旭和焦遂，他们都在长安生活，且均有豪放、旷达及嗜酒的性格，因此被称为"酒中八仙"。还有宋马永易的《实宾录》中记载"五代南唐保大中，有翰林学士八员，游间、言阳悦、江文蔚、李夷业、朱□、常梦锡、王仲连、张义方，谓之八仙。"这些人都是当时著名的文人学士，是世俗生活中的人物。

由此可见，宋代之前的"八仙"，与如今的"八仙"组合并无半点瓜葛。

我们所熟知的八仙组合大约出现于宋金时期，考古所发现的南宋缂丝《八仙庆寿图》与金代侯马墓、董明墓中的八仙砖雕中均出现了以汉钟离、吕洞宾为首的八仙组合。但是，这八位神仙并不是此时才出现的。唐段成式的《酉阳杂俎》、唐郑处晦的《明皇杂录》、北宋李昉的《太平广记》、北宋刘斧的《青琐高议》、北宋魏泰的《东轩笔录》，北宋郑景璧的《蒙斋笔谈》等书中分别讲到了张果、吕洞宾、蓝采和、钟离权、何仙姑、韩湘子等人。而且，这些神仙均与钟、吕或内丹道有某种联系，如：铁拐李的原型宋代刘跛子与吕洞宾有交往，精通内丹；唐代道士张果著书立说，留下不少内外丹道的著作；蓝采和最早出现于五代沈汾《续仙传》中，从其行为来看，应该也是内丹道中仙人；何仙姑的传说盛行于宋代，许多宋代文人笔记中均提及此人，与吕洞宾关系密切；曹国舅在传说中乃是吕洞宾弟子；等等。只是在唐宋时期，他们是作为个体的神仙出现，尚未形成一个神仙群体。

八仙图
（民国时期，日本野琦诚迈《吉祥图案解题》收录）

唐末五代时期，道教外丹术趋于衰落，内丹术起而代之。当时的隐逸道士纷纷吸收早期道教内炼形神、外服丹药之术，并融合儒家易学和佛教禅宗的修持理论，形成了具有较深哲理的内丹修炼功法。钟离权、吕洞宾二人，便是以传习内丹术著称于世。因此，他们被后来的宋元内丹家奉为祖师，谓之"钟吕金丹派"。金元时期，王重阳开创了以内丹修炼为核心的新道派——全真道。从12世纪末到13世纪初，全真教从民间宗教组织逐渐发展为北方最重要的宗教派别。"黄冠之人，十分天下之二，声势隆盛，鼓动海岳"，在民间社会产生了极大的影响。王重阳与同时代的许多内丹修炼者一样，尊崇钟离权、吕洞宾为祖师，钟离权和吕洞宾被全真教列入了全真五祖之中。全真教对钟、吕的推崇，为以钟吕为核心的"八仙"组合的产生奠定了宗教基础。这一时期，全真道士们为了扩大全真教的吸引力，把这些和钟、吕关系密切的、在民间有着广泛影响力的神仙组合在一起，形成了以内丹道为主的八仙组合。

在全真道最为兴盛的元代，我国戏曲艺术大繁荣、大发展，曾经有超过500余种的杂剧剧本在世俗社会中流传。受全真道影响，杂剧作家们以钟吕八仙故事为题材，编写了大量的神仙道化剧，风靡一时，成为元杂剧的重要组成部分。钟吕传说故事经过戏曲的传播，又在民间社会发酵，附会出了钟离权度蓝采和，吕洞宾度铁拐李、何仙姑、曹国舅、徐神翁等师承关系。这样一来，以钟吕为核心的神仙集团，便像滚雪球似的，逐渐在人们的传说中越滚越大。

在起初的元杂剧中，虽然已经大体形成了后世所传的八仙组合，但还有少数几个人并不太固定。如：马致远《吕洞宾三醉岳阳楼》以吕洞宾的口吻依次介绍八仙道："第一个是汉钟离，现掌着群仙录；这一个是铁拐李，发乱梳；这一个是蓝采和，板撒云阳木；这一个是张果老，赵州桥骑倒驴；这一个是徐神翁，身背着葫芦；这一个是韩湘子，韩愈的亲侄；这一个是曹国舅，宋朝的眷属；则我是吕纯阳，爱打的简子愚鼓。"上述八仙，没有现在"八仙"组合中的何仙姑，却多了个徐神翁。岳伯川《吕洞宾度铁拐李》以铁拐李的口吻，依次介绍八仙道："汉钟离有正一心，吕洞宾有贯世才，张四郎、曹国舅神通大，蓝采和拍板云端里响，韩湘子仙花腊月里开，张果老驴儿快，我访七真游海岛，随八仙赴蓬莱。"这里也没有何仙姑，却多了一个张四郎。范子安《陈季卿误上竹叶舟》叙述八仙登场道："张果、汉钟离、吕洞宾、李铁拐、徐神翁、蓝采和、韩湘子、何仙姑上。"这里既有何仙姑，也有徐神翁，却没有曹国舅。到了明代，罗懋登《三宝太监西洋记》中所说的八仙中没有何仙姑与张果老，却多了风僧寿与元壶子。

与现在八仙组合完全一致的戏剧是明吴元泰的《东游记》与汤显祖的《邯郸记》。其中，《东游记》中的八仙故事在明清世俗社会中流传甚广，基本上对"八仙"组合起到了定型作用。从此，汉钟离、吕洞宾、铁拐李、张果老、韩湘子、蓝采和、何仙姑、曹国舅八位仙人的形象在世俗社会广泛传播，影响至今。

《东游记》所定型的八仙组合之所以能流行，除了这些神仙本身在民间的影响力之外，还有一个因素，就是这个组合较为全面地代表了社会的各个阶层，容易形成一个为社会普遍公认的群体。明人王世贞最早注意到这一点，他在《题八仙像后》中说："八仙者，钟离、李、吕、张、蓝、韩、曹、何也……以是八公者，老则张，少则蓝、韩，将则钟离，书生则吕，贵则曹，病则李，妇女则何，为各据一端作滑稽观耶。"把这些不同阶层、形态各异的人中和在一起，无论出现在戏曲、小说还是绘画中，都有一种令人意想不到的和谐感，这也是钟吕八仙组合具有永久魅力的原因之一。

2　张果老

八仙的传说故事在我国社会中流传久远，影响甚广。在古代文学、戏曲、绘画、雕塑作品中均能见到八仙的形象。在八仙之中，出现时间最早的当数唐代道士张果。

在张果生活的年代，李唐皇室为了给家族的统治寻求"君权神授"的理论支持，将老子追认为家族的祖先，对道教极为推崇。他们追号老子为太上玄元皇帝，令天下各州建老子庙；将《老子》《庄子》列入学子必读书目；规定儒释道三教参与国家典礼的次序为道教居先、儒教为次、释教为末。在这种崇道的氛围下，道士成为一种令人羡慕的高贵职业。皇室经常到民间去寻找一些有名望、有道术的道士，并委以重任。许多道士堂而皇之地任职朝堂，参与政事，或者直接指导皇帝的起居，成为皇家的生活顾问，这便是所谓的"终南捷径"。但是，张果并不愿意走这样的捷径。他隐居于中条山，活动于汾、晋一带。他自称已经活了好几百岁，并且会很多奇异的道术，因此名声大振，事迹很快就传到了朝廷。武则天遣使召见，张果装死并不应诏。

后来，到了开元年间，恒州刺史韦济又向唐玄宗报告了张果行状。

张果老
(明《有像列仙全传》)

玄宗对道教非常痴迷,据他自述,他每天四更即起,去礼拜老君圣像,这一习惯一直坚持了三十多年。因此,对于张果这样的道教高人,玄宗自然是非见不可。他派出了通事舍人裴晤前去召请,张果又使出装死之法,气绝复苏,裴晤不敢相逼,只好回报玄宗。玄宗不死心,又遣中书舍人徐峤带着御旨往迎。张果见其心情殷切,觉得回避不过,便随徐峤到了东都洛阳,居住在东宫。当时在朝中有两位奇人:一位叫邢和璞,精卜算之术;另一位叫师夜光,自称能识鬼。玄宗让邢和璞为张果算命,邢算后,说算不出张果的年龄。后来,玄宗又让张果与师夜光相见,张果与师夜光对面而坐,师视而不见,还问"果今安在"。玄宗又令张果饮堇(一种毒药)汁,饮后齿焦。张果即用铁器敲落旧齿,用药敷于牙床。一觉睡醒,满口新牙。经过几番试验,玄宗最终相信张果确有异能,对其推崇备至,并且打算将自己的妹妹玉真

一 八仙人物的来历及其组合 | 9

公主嫁给他。而张果早已预先对人言："谚云娶妇得公主，真可畏也。"因唐代公主多刁横，人不敢娶，张果所言实为民间谚语。言毕，即有宦官传旨，要将玉真公主下嫁张果。张果大笑，拒不奉旨，并恳辞归山。张果见唐明皇的事情流传很广。《旧唐书·方技传》为张果立传并记载了此事，张果也成为八仙之中唯一一位被载入正史中的人物。

张果曾著有《阴符经玄解》《丹砂诀》《气诀》《玉洞大神丹砂真要诀》等，是一位兼修内外丹的道士。但是由于史书中所记载的神异事迹，使得他在民间的传说日益增多，而且越来越离奇。同时，张果的传奇故事还被民间艺人加工成说唱文学，在世俗社会中广泛流传。于是，他便成为民众口口相传的活神仙。到了宋元之际，八仙组合出现之时，张果因其显赫的声名而被加入八仙，形象频频出现于戏曲与民间故事之中。在这些传奇故事中，张果老被描绘成为一个手拿渔鼓、倒骑着毛驴的长寿老者形象，因此又被百姓称之为"张果老"。至今还民间流传有两句歇后语：张果老倒骑驴——一往后瞧；骑驴看唱本——走着瞧。张果倒骑在毛驴上，常常敲打着简板，传唱渔鼓，以劝化世人。"渔鼓"是一种民间的说唱艺术，又称"道情"，其以道教故事为题材，宣扬出世思想，因用简板、渔鼓伴奏，在明清时期的民间社会极为流行。由此以来，张果又被说成是道情的祖师爷。渔鼓也成为张果的标志，如今在民间流传着用物品代替八仙的说法，即"暗八仙"，其中渔鼓就暗指张果老。

在历史上，民众纪念张果而出现的胜迹亦有不少。宋代赵抃便有《题张果老洞》诗云："洞老寿松椿，高名古绝群。乱山泉潞溅，举世事纷纷。使者持丹诏，先生卧白云。方今莫招隐，君德正华勋。"《大元混一方舆胜览》中记载凤州有张果老祠堂，云"明皇徵之，制加先生之庙"。可见宋元时期，民间便有祭祀张果的地点，而且还成为人

陕西凤县果老洞

们登临游览的胜迹。如今，在各地方志中所记载果老墓、果老仙迹更是数不胜数。如：易州丹霞洞相传为张果炼丹处，床灶尚存；恒山有果老岭，为上下山的必经之路；真宁县东七十里有张果老墓；宿松县钓鱼台，相传为张果老垂钓处；峡江县西南有大石亘江中，石上足迹深寸许，传为张果足踪。邢台有仙翁山，又称张果老山，相传为张果尸解处，山腰有张果洞；永丰县西九峰岭下有五味泉，俗传张果老经此，拄杖泉出如珠，具五味；等等。

综上所述，张果作为唐代的著名道士，因得到唐玄宗的召见而名留青史。其传奇事迹逐渐演变出种种法术故事，使其成为民间社会中的活神仙。张果在宋金时期加入了八仙队伍，在八仙信仰传播的过程中，张果的形象得到了普及与定型，并对民间社会产生了深远影响。

一　八仙人物的来历及其组合

小知识◎张果老倒骑驴故事的由来

  在民间的传说和画像中，张果老的形象一般都倒骑着一头毛驴，这究竟是为什么呢？唐代笔记《明皇杂录》中曾记载张果"乘一白驴，日行数万里，休则重叠之，其厚如纸，置于巾箱中；乘则以水噀之，还成驴矣"。到了宋代，张果老骑驴的故事还与举世闻名的赵州桥产生了联系。宋楼钥《攻媿集》中云"桥上片石有张果老驴迹"。元代还附会出鲁班造桥的故事。元《湖海新闻夷坚志续志后集》记载，赵州桥为鲁班所修，张果老想要试一试桥是否坚固，便骑驴从桥上走过。一时间，大桥不堪负重摇晃不已。鲁班一看情况不妙，连忙跳下河来，双手支撑桥身，桥才稳定住。于是，赵州桥上便留有张果老的毛驴踩过的蹄痕，和鲁班双手撑住石桥留下的手指印。

  而关于张果老为什么倒骑驴？《通俗编》考证云："俗言张果老倒骑驴，各传记未云，盖倒骑驴乃潘阆事。"潘阆为宋初隐士，民间传言其常倒骑毛驴，行为怪异。张果老倒骑驴应该是由此附会而来。从此之后，有关张果老骑驴尤其是倒骑驴的图画便层出不穷。这其中以明僧杲庵的题画诗《题张果骑驴图》最有意味，其云："举世多少人，无如这老汉。不是倒骑驴，凡事回头看。"

3　韩湘子

与张果老一样，韩湘子也是唐代人，传说中还是唐代大文豪韩愈的侄子。而实际上，论起辈分，韩湘子应该是韩愈的侄孙。韩愈有两位兄长，长兄韩会无子，二兄韩介有两个儿子，为百川与老成。韩介把二儿子老成过继给韩会为子。韩愈三岁时，父母双亡，跟随长兄韩会贬迁韶岭。韩愈十几岁时，韩会病亡。韩愈与过继给韩会为子的老成一起由韩会的妻子养大。因此，韩愈与老成虽为叔侄，实际上情同手足，老成即是韩湘的生父。由于韩愈与韩湘的父亲一起长大，如兄弟一般，这可能便是民间一些传说将其误认为韩湘叔父的原因吧。

韩湘生于唐贞元十年，长庆三年中进士，曾任校书郎、江南西道观察使从事、大理寺丞等职务。观其生平行事，与道教并无半点瓜葛，也未见其有什么出世思想与神仙气质。那么为什么到最后，韩湘竟能赫然位列于八仙之中呢？

这最早的源头实际上来源于韩愈写给他的一首诗。元和二十四年，韩湘二十六岁，韩愈以谏迎佛骨事被贬为潮州刺史。韩湘赶到蓝关相送，并随行韩愈至潮州，为此韩愈作《左迁至蓝关示侄孙湘》送于他。

诗云：

一封朝奏九重天，夕贬潮州路八千。欲为圣明除弊事，肯将衰朽惜残年。云横秦岭家何在，雪拥蓝关马不前。知汝远来应有意，好收吾骨瘴江边。

诗的本意并没有什么特别，就是些临别赠言，抒发了作者内心的郁愤以及前途未卜的感伤情绪。但是，后世好事者却以此诗为契机，造就了一个神仙韩湘子，这是韩愈以及韩湘都万万没有想到的事情。

最早演绎此事的是与韩湘同时代的段成式。据他的《酉阳杂俎》

韩湘子
（明《有像列仙全传》）

记载，韩愈的一个侄子有奇术，能用"紫矿、轻粉、朱红"等物治牡丹根，可以使牡丹在一个月后开出"青、紫、黄、赤"各色花朵。且每朵花上均有紫色的字迹，即"云横秦岭家何在，雪拥蓝关马不前"十四字。段成式并没有说明韩愈的这个侄子是谁？但是，由于文中出现了韩愈赠给韩湘的这首诗，人们便误认为这个有奇术的人即是韩湘。而事实上，韩湘即不是韩愈的侄子，也没有任何异能。那么，段成式的这个记载又从何而来的呢？这个事情看似荒诞离奇，但也并非空穴来风。韩愈曾经写过一首《徐州赠族侄》的诗，诗中写道"击门者谁子，问言乃吾宗。自云有奇术，探妙知天工。"可见，韩愈确有一个远房的侄子有奇术，但是韩愈并没有说明这个奇术是什么，或许就是使得花草变色的仙术。

到了五代时期，杜光庭的《仙传拾遗》又以《酉阳杂俎》故事为原本进行了进一步的演绎。杜光庭是五代时期的著名道士，精通儒、道典籍。出于维护道教的目的，他编撰了大量神话故事阐扬道教，存世的有《灵异记》《神仙感遇记》《墉城集仙记》等。这其中的很多故事都是神仙怪异的内容，没有什么史实依据。后世将杜光庭所编撰的这些神仙故事称为"杜撰"，用来指代那些没有事实根据而编造的著作。因此，可想而知，《酉阳杂俎》中的故事，经过了杜光庭的改编，将不可避免地加入更多的道教元素。

在杜光庭编撰的故事中，这位有奇术的人由韩愈的侄子变成了韩愈的外甥，不知姓名。问其修道之事，则玄机清话，该博真理，神仙之事，无不详就。在杜光庭的故事中，他除了能让牡丹开花之外，还有其他诸多奇术。在韩愈被贬至潮州之后，他赶去相送，并为韩愈引荐其师洪崖先生，试图度韩愈修神仙之道。洪崖先生便是唐代著名道士张氲，历游名山，熟读仙书秘典，善金丹、易形之术。武后圣历间，召而不至，

一 八仙人物的来历及其组合 | 15

后居洛阳李峤家中十三年,玄宗开元七年召见,问神丹黄金可饵可成之事。不久,洪州大疫,洪崖先生骑驴于市中施药。传说他于天宝年间,尸解成仙。杜光庭将张氲编入到故事中,凸显了故事的道教色彩。更重要的是,在杜光庭演绎下,度化韩愈修仙成为故事的主要内容,这也是后世传说中韩湘子最重要的仙事。

段成式、杜光庭虽然讲了韩愈侄子与外甥的仙事,但是他们都没有言明这个人到底是谁?只是在故事中用了韩愈赠给韩湘的诗句,从而引起后世人的猜度而已。将此事明确移植到韩湘身上,则是宋代以后的事情了。宋代刘斧的《青琐高议》中有《韩湘子》条,又名"湘子作诗谶文公",明确记载:"韩湘,字清夫,唐韩文公之侄也,幼养于文公门下"。在《青琐高议》中韩湘子保留着种花、花中现字等神奇的情节,而且,蓝关送行与点化韩愈的向道之心显然已成为故事的中心

西安湘子庙

内容。虽然在故事的最后，韩愈并没有修仙，韩湘还告诉他"公不久即归，全家无恙，当复用于朝"。但是，韩愈已开始相信韩湘的仙术，并接受了韩湘的仙丹，用来抵御瘴毒。

韩湘的传奇故事有了韩愈这个著名人物的加入，在民间愈传愈广。在传播过程中，度脱韩愈的情节也逐渐成为故事的中心。宋代时，已经开始有《蓝关记》剧本在坊市间流传，韩湘子逐渐成为家喻户晓的神仙人物。金元之际，以钟吕为核心的八仙组合形成之时，韩湘子被民间艺术家选入其中。元代著名戏剧家马致远所写的《吕洞宾三醉岳阳楼》中，有八仙上场，其中携花篮的便是韩湘子。在元杂剧中，韩湘子不仅作为八仙之一出现，还出现了以其为主角的剧本，如《韩湘子三度韩文公》《韩湘子三赴牡丹亭》《韩文公雪拥蓝关记》等。这些剧本多已不存，以其剧名来看，故事情节应与《青琐高议》《仙传拾遗》等书无太大出入，主要讲韩湘点化韩愈的故事。

后来，随着《韩仙传》的出现，韩湘子的神仙形象才有了新的变化。《韩仙传》是元明时期人托名唐人韩若云之作，其中写道：韩湘子前身乃东汉时期一仙鹤，二百零四岁时，得东华李公、西城王公教化而悟。唐时，遇见吕洞宾，吕洞宾送其投胎韩家，最终从钟吕学仙升天。成仙后，韩湘又点化韩愈一家飞升。值得注意的是，《韩仙传》首先提出了韩湘子师从吕洞宾，这使得韩湘子被选入钟吕八仙看上去更加名正言顺。此后，明清时期关于韩湘子的剧本、小说、民间故事也多采此说，韩湘子的神仙形象也就确定了下来。

4 钟离权

钟离权,钟吕八仙组合的核心人物之一。民间多传说其为汉朝大将,故又称"汉钟离"。

关于他的传说,最早始于五代。到宋初,大量文人笔记中开始出现他的身影。最早记载钟离权的应为张师正的《倦游杂录》,其中云:"邢州开元寺一僧院壁,有五代时隐士钟离权草书诗二绝,笔势遒逸,诗句亦佳。"赵翼《陔余丛考》中亦云:"钟离权见《宋史·陈抟传》,陈尧咨谒抟,有髽(zhuā)髻道人先在坐,尧咨私问抟,抟曰:'钟离子也。'又《王老志传》,有丐者自言钟离先生,以丹授老志,服之而狂,遂弃妻子去。"由此看来,钟离权当实有其人,生活于晚唐、五代之际。

唐末五代时期,正是道教外丹术趋于衰落,内丹术逐渐兴起之时。当时的隐逸道士纷纷吸收早期道教内炼形神、外服丹药之术,并融合儒家易学和佛教禅宗的修持理论,形成了具有较深哲理的内丹修炼功法。钟离权便是其中一位以传习内丹术著称的道士。他留下了很多内丹学著作。如《钟吕传道集》《灵宝毕法》《破谜证道歌》《钟离正阳真人还丹歌》《黄帝阴符经集释》等。

钟离权

（明《全真宗祖图》）

钟离权虽然大量出现在宋代文人笔记之中，但是专记他的文章却不多，在大部分记载中，他都是作为吕洞宾的陪衬而出现的。叶梦得《岩下放言》曾云："世传神仙吕洞宾，名岩，洞宾其字也。唐吕渭之后，五代从钟离权得道，权汉人仙者，迩者自宋以来与权出没人间，权不甚多，而洞宾事踪迹数现。好道者每以为口实。"直到宣和年间，《宣和画谱》中"宋神仙钟离权"条较为详细地记述了钟离权的情况，钟离权的形象才逐渐清晰起来。其云：

> 宋神仙钟离先生，名权，不知何时人。而间出接物，自谓生于汉。吕洞宾于先生执弟子礼。有问答语及诗成集。状其貌者，作伟岸丈夫，或峨冠绀衣，或虬髯蓬鬓，不冠巾，而顶双髻，文身跣足，顽然而立，睥睨物表，真是眼高四海，

一　八仙人物的来历及其组合

而游方之外者。自称天下都散汉,又称散人。尝草其为诗云:'得道高僧不易逢,几时归去得相从。'其字画飘然,有凌云之气,非凡笔也。元祐七年(1092)七月,亦录诗四章赠王定国,多论精勤志学,长生金丹之事,亹亹可读,终自论其书,以谓学龙蛇之状,识者信其不诬。今御府所藏草书一:《赠王定国诗》。

《宣和画谱》是以宋徽宗的口吻写作的书,可能出自御笔,也可能是由大臣代笔,宣和二年成书,书中收录的全是徽宗内府收藏的名家法帖,在社会上影响非常大。在宋代的记载中,钟离权的弟子除了《宣和画谱》记载的吕洞宾之外,还有很多人。蔡绦《铁围山丛谈》云,王老志往来市间,遇一丐人,见辄乞之钱。一旦丐人自言:"我钟离生也。"因受之丹,老志服丹后,始大发狂,遂能逆知未来事。另外,据《混元仙派之图》记载,陈朴、王鼎等人也是钟离权的弟子。

钟离权、吕洞宾传说在宋初盛传开来之后,得到了宋元时期内丹家的广泛推崇。特别是王重阳于金代中期所创立的全真道,所构建的全真五祖传承谱系(王玄甫→钟离权→吕洞宾→刘海蟾→王重阳),将钟、吕二人纳入其中,奉为祖师。全真教对钟、吕二人的推崇,为"八仙"组合的产生奠定了宗教基础。这一时期,全真道士们为了扩大全真教的吸引力,将那些和钟、吕关系密切的、在民间有着广泛影响力的神仙组合在一起,形成了以钟吕内丹道为核心的八仙组合。

关于钟离权的踪迹,宋代的记载还较为符合历史真相。但是到了元代,随着全真道对他的神化,钟离权的形象与真实人物相差越来越远。他们称其为"汉钟离",认为他是汉代人。全真教祖师传记《金莲正宗记》记载:"钟离权,讳权,字云房,号正阳子,京兆咸阳人也。

少工文学,尤喜草圣,身长八尺七寸,髯过脐下,目有神光。仕至左谏议大夫,因表李坚边事不当,谪为南康知军。汉灭之后,复仕于晋。及武帝时,与偏将周处同领兵事,屡出征讨,已而失利,逃于乱山,后遇东华帝君而得道,唐时传授吕洞宾天遁剑法。赵道一的《历世真仙体道通鉴》的记载与《金莲正宗记》有所出入,但故事大同小异。钟离权为晋朝大将,兵败逃入荒山,遇东华帝君,后传道于吕洞宾。可见,全真道有意将钟离权附会为汉晋时期人,遇东华帝君得道,在唐代授道术于吕洞宾。这样的叙述可与全真道的祖师谱系完全契合,此举无疑提高了钟离权在八仙组合中的

钟吕二仙石刻
(西安八仙宫)

地位。钟离权以吕洞宾师父的身份顺理成章地成为八仙组合的精神领袖。在以钟吕八仙故事为题材的元杂剧中,钟离权始终处于领袖地位,他秉承东华帝君或西王母的命令,或者亲自度人,或者命人度人。元杂剧《吕洞宾三醉岳阳楼》介绍八仙时,第一个便是汉钟离,并说他"现掌着群仙录"。

到了明清时期,民间的钟离权的传说基本上沿袭了《历世真仙体道通鉴》的版本。《历代仙史》《仙佛奇踪》《列仙全传》中将钟离权附会为汉将钟离简的弟弟;对八仙故事起到定型作用的明代小说《东游记》,以"钟离将兵伐寇、钟离不聿交兵、钟离大败蕃阵、蕃兵劫败汉兵、钟离败逃山谷、东华传道钟离、飞剑山隅斩虎、点金济众成仙"

八个部分讲述了钟离权的得道因缘，故事情节与《历世真仙体道通鉴》相差亦不大；唯有清代小说《八仙得道》，叙钟离权为猎户钟离俊之子，偶然被何仙姑所救，拜铁拐李为师，铁拐李让他悟透前身，并设置难题考验他，最后度他成仙。这些故事情节与前代仙传没有什么联系，显然是作者凭空杜撰而成的。

总之，钟离权作为唐五代时期内丹道宗师，其传说始于北宋，因相传为著名神仙吕洞宾之师而声名大振。金元时期，兴起于北方的全真道为建构自己的传承谱系，奉钟离权、吕洞宾为祖师，并将他们加入了民间信仰的八仙之中。随着钟吕八仙在民间影响越来越大，钟离权的故事被写成杂剧剧本，频频出现在戏曲舞台之上，成为世俗社会所熟知的神仙人物。

小知识◎钟离权为什么被称为汉钟离

钟离权，又称汉钟离。宋代《宣和书谱》记载"神仙钟离先生，名权，而间出接物，自谓生于汉"，又云其自称"天下都散汉"。这可能便是"汉钟离"称呼的由来。只不过《宣和画谱》所谓的"汉"指的是五代的"后汉"而非汉代。金代王重阳创立全真道后，以钟离权为祖师。后人为了神化祖师，便开始附会其为汉人。《金莲正宗记》引《庐山金泉观记》言钟离权为汉代将军，或许是将他与项羽手下大将钟离昧混淆。道教中人便以此为据，认为钟离权为汉代将军。到了明代，《列仙全传》与《历代神仙通鉴》更是神化钟离权生平，说其为上古黄神氏托生，成为汉朝谏议大夫，挂帅西征，不幸打了败仗,独骑逃入山林。正在进退踌躇之际,忽遇一胡僧,引他去华先生庄上。东华老人谓之曰:"功名富贵,总是浮云;战事胜败,皆为气运。曾见万古以来,江山有何主,富贵有何定数?转眼异形,瞬息即逝耳。将军何必苦恋功名,劳思俗虑?"钟离权闻后,看破红尘,拜老翁为师,出家学道。老翁以长生秘要、金丹火龙剑法授之。后来,钟离权又遇上仙王玄甫与华阳真人传授秘术,在崆峒山得真仙秘诀,就此道成仙去,白日飞升。

5　吕洞宾

吕洞宾作为八仙中的核心人物，历史上是实有其人的。他大约生活在五代末宋初，是一位云游四方的道士。五代时期，社会动荡不安，许多读书人感觉仕途无望，于是寄情道教来寻找精神安慰。吕洞宾便是这样的人物，他出身儒门，为唐宪宗时侍郎吕渭之后，因举进士不第而心灰意冷，归隐山林，修习道教内丹功法。相传吕洞宾常混迹于贩夫走卒之间，利用道教方术为人医病，扶贫济困。同时他也精通剑术，常持剑云游各地，飘忽不定，助善除恶，解人所难。因此，在他活着的时候，即被民间传为神仙。去世之后，世人又以他为原型演变出大量的教化故事，并把各种民间传说、神仙故事的情节附会到吕洞宾身上，使他成为民间百姓心中无所不能的神仙人物，影响直至庙堂之上。宋元帝王一再为他上封号，初为真人，后升格为真君，最终登上崇高的帝君宝座。明清时期，民间社会更是奉吕洞宾为救星，乩坛尊他为主神，吕洞宾的神名达到了家喻户晓、妇孺皆知的程度。

关于吕洞宾的神仙传说大致起源于北宋时期，杨亿的《杨文公谈苑》中，记载了吕洞宾的身世，云：

吕洞宾
（明《有像列仙全传》）

吕洞宾者，多游人间，颇有见之者。丁谓通判饶州日，洞宾往见之，语谓曰："君状貌颇似李德裕，它日富贵，皆如之。"谓咸平初与予言其事，谓今已执政。张泊家居，忽外有一隐士通谒，乃洞宾名姓，泊倒屣见之。洞宾自言吕渭之后，渭四子，温、恭、俭、让，让终海州刺史，洞宾系出海州房。让所任官，《唐书》不载。索纸笔，八分书七言四韵词一章，留与泊，颇言将佐鼎席之意。其末句云："功成当在破瓜年。"俗以破瓜为二八，泊年六十四卒，乃其谶也。洞宾诗什，人间多传写，有《自咏》云："朝辞百越暮三吴，袖里青蛇胆气粗。三入岳阳人不识，朗吟飞过洞庭湖。"又有"饮海龟儿人不识，烧山符子鬼难看"，"一粒粟中藏世界，二升铛内煮山川"之句，大率词意多奇怪类此。世所传者百余篇，人多诵之。

叶梦得的《岩下放言》，又言明吕洞宾的师父为内丹方士钟离权："世传神仙吕洞宾，名岩，洞宾其字也。唐吕渭之后，五代从钟离权得道。权，汉人仙者，迹者自宋以来与权出没人间，权不甚多，而洞宾事踪迹数现。好道者每以为口实。"后来，宋徽宗组织编《宣和画谱》时沿袭了这一说法，云："吕洞宾于先生（钟离权）执弟子礼，有问答语及诗成集。"钟离权与吕洞宾的内丹传承关系遂成定论。除钟离权外，相传吕洞宾还与当时的另一位著名内丹道士陈抟交从甚密。王旦、杨亿等撰的《国史》中记载："关中逸人吕洞宾，年百余岁，而状貌如婴儿。世传有剑术，时至陈抟室"。《宋史·陈抟传》中亦载："关西逸人吕洞宾，有剑术，百余岁而童颜，步履轻疾，顷刻数百里，世以为神仙，皆数来抟斋中，人咸异之。"

在民间社会，吕洞宾的传说故事更是被大量编造，仅南宋洪迈的《夷坚志》一书中便记载有近三十多条。在这些故事里，吕洞宾云游各地，飘忽不定，时而化为一个士人，时而化为一个云游道士，甚至还曾变为一个生病的乞丐。如"付道人"条讲的是，江陵付氏家贫，以卖纸为业，但喜接云水士，并塑吕翁像供奉，吕洞宾化作一方巾布袍人，为其治疗服疾，并书"利市和合"四字，付贴于壁。于是，其生意便日益兴隆起来；"文思亲事官"条讲的是，赵某患有绝症，因其"濒死念母，一言起孝"，吕洞宾便化身为道士救之；"石氏女"条说的是，吕洞宾化为病颠乞丐，垢污蓝缕，去茶肆乞茶，茶肆主人之幼女敬而与之，不取钱，天天如此。丐者要幼女喝其残茶，幼女少覆于地，即闻异香，亟饮之，便觉神清体健。丐者自称是吕翁，问幼女有何求？女求长寿，后果然寿一百二十岁；"仙居牧儿"条记载，有一牧童，遇见一位白衣道人，觉得与家中供奉吕先生塑像极似，上前招呼。道人将一钱置小儿手心，从此用去一钱，手心便又有一钱。儿父贪心，命儿伸手拂之不已,所得十余千,明日即不复有钱;等等。从《夷坚志》所记载的传说来看,吕洞宾被塑造成一位为下层人民解除苦难、深受百姓崇敬的救世神仙,深受民间社会的崇敬。

唐末五代以后,道教的外丹术趋于衰落,内丹术起而代之成为主流。此后,众多隐逸之士纷纷吸收早期道教内炼形神、外服丹药之术,并融合儒家易学和佛教禅宗的修持理论,形成了具有较深哲理的内丹修炼功法。由于吕洞宾在民间社会的广泛影响力,以及传说中他与钟离权的内丹传授系统,钟吕二人便被后来的内丹家奉为祖师,并形成一系列的钟吕内丹法。特别是在两宋之际,钟吕二人的效法者,人数众多,纷纷编制丹经以创派传法,掀起托名钟吕著述丹法的高潮。他们的丹法趋同,传授成系,逐渐形成了钟吕金丹派。

钟吕金丹派最著名的代表作是《灵宝毕法》。《灵宝毕法》同时也是第一部钟吕金丹派的内丹著作。其以吕洞宾问、钟离权答的方式,系统阐述了钟吕金丹派的教理与哲学观点,不仅讲具体功法,而且对内丹隐名、术语做出解释。《灵宝毕法》奠定了宋元以后内丹学的理论基础,为历代研习内丹者之必读要;其次,还有《钟吕传道集》也是钟吕金丹派的代表著作,也是采用钟吕问答的形式,题为"钟离权述,吕洞宾集,施肩吾传",实际上此书应为施肩吾著,托名钟吕。在两宋之际效法钟吕的众多丹家中,施肩吾一系影响最大。

宋代以后,钟吕内丹法成为内丹理论的主流。钟吕丹法的创立堪称内丹术的一场"革命"。蒙文通先生在《陈碧虚与陈抟学派》一文中曾说:"钟吕之事,倘犹释氏之有惠能,要为唐宋新旧道教之一大限。"随着钟吕内丹的盛行,钟离权、吕洞宾二人也逐渐成为内丹术的祖师和道教重要的神仙。

金代中期,咸阳人王重阳创立内丹新道派——全真道,同样尊崇钟吕内丹法。王重阳将自己塑造成为吕洞宾的传人。据《全真教祖碑》记载：王重阳在未得道之前，曾在甘河镇做酒监，一日正在饮酒时，忽见两位身披毡衣的陌生人自南而来。由于两人面貌奇特，王重阳一见就觉得惊奇，不知不觉跟随二人到一僻静处，虔诚施拜。二人相对，徐而言曰："此子可教矣。"于是授予他内丹修仙密诀。这一简短的过程便是是全真教史上著名的"甘河遇仙"。相传，传授王重阳丹法的这两位仙人即是吕洞宾与刘海蟾。王重阳在所著《了了歌》中云："汉正阳兮为的祖，唐纯阳兮做师父，燕国海蟾兮是叔主，终南重阳兮弟子聚。为弟子，便归依，侍奉三师合圣机。"按照王重阳自己的说法，他的师祖是钟离权，师父是吕洞宾，师叔是刘海蟾。后来，王重阳的嫡传弟子们遵循师训，侍奉钟离权、吕洞宾、刘海蟾为全真三祖师，并构建出全真教的五祖传承谱系（王玄甫→钟离权→吕洞宾→刘海蟾→王重

韩城吕祖福寿宫

阳），将钟、吕二人纳入其中，奉为祖师。

金元之际，全真道发展迅速，逐渐从一个民间宗教组织发展成为北方最重要的宗教派别。由于全真道对钟、吕二人极为崇敬，奉为祖师，他们在民间的巨大影响力便成为"八仙"组合产生的重要基础。这一时期，全真道士们为了扩大全真教的吸引力，将那些和钟吕关系密切的、在民间有着广泛影响力的神仙组合在一起，最终形成了以钟吕内丹道为核心的八仙组合，作为全真教祖师的吕洞宾也就当之无愧地成为八仙组合中的核心人物。

小知识◎吕祖药签

药签属于信仰疗法的一种，即假借神意编成若干药方，再把它抄到竹签上，放置于宫观的签筒之中。善男信女占取签后，持竹签到庙祝处索取药方，根据药方买药给病人治病。流传于民间的药签有吕祖药签、黄大仙药签、观音药签、药师佛药签等，其中又以吕祖药签最为流行，甚至流传到日本民间的寺庙中去。现存最早的药签便是从中国传入日本的《吕洞宾真人神方占》，这套药签不分科，共一百签，药签是五言或四言诗，把药方嵌入诗中。在我国分布较广的药签为《吕祖仙方》，一般分男、妇、幼、外、眼五科，药签由药方与签诗两部分组成，除眼科五十三首之外，其余各科都是一百首。另外还有《孚佑帝君药签》，此药签原属北京琉璃厂吕祖宫所有，后被福建举人张维藩带回福建刊刻，广为传播。《孚佑帝君药签》分男、妇、幼、外、眼五科，均一百首，形式与《吕祖仙方》相同，内容却完全不同。吕祖药签并不完全为治病而设，其中还有宣扬伦理道德的内容，宣扬忠孝，教导人们修省悔过，行善积德，要求人们戒酒色、戒杀生等。

6 铁拐李

八仙中的"铁拐李",在历史上并不能找到与之相对应的人物,甚至连他的形象原型也难寻出处。明代王世贞在《题八仙像后》中考证八仙渊源,考其七而独缺铁拐李。清代赵翼的《陔馀丛考·八仙》云:"铁拐李史传并无其人,惟《宋史·陈从信传》有李八百者,自言八百岁。从信事之甚谨,冀传其术,竟无所得。又《魏汉津传》自言师事唐人李八百,授以丹鼎之术。则宋时本有李八百者在人耳目间。然不言其跛而铁拐也。胡应麟乃以《神仙通鉴》所谓刘跛子者当之,然刘李各姓,又未可强附。《续通考》又谓:隋时人,名洪水,小字拐儿。亦不言所出何书,则益无稽之谈也。"可见,关于铁拐李的来历,历代学者亦是众说纷纭,莫衷一是。

历史上关于"拐仙"的记载最早见于宋代僧人惠洪的《冷斋夜话》,云:

> 刘跛子,青州人,拄一拐,每岁必一至洛中看花,馆范家园,春尽即还京师。为人谈噱有味,范家子弟多狎戏之。

一 八仙人物的来历及其组合 | 31

铁拐李
（清《蟠桃八仙会》）

有范老见之，即与之二十四金，曰："跛子吃碗羹。"于是，以诗谢伯仲曰："大范见时二十四，小范见时吃碗羹，人生四海皆兄弟，酒肉林中过一生。"

初，张丞相召自荆湖。跛子与客饮市桥，客闻车骑过其都，起观之，跛子挽其衣，使且饮，作诗曰：'迁客湖湘召赴京，车归迎迓一何荣。争如与子市桥饮，且免人间宠辱惊。'陈莹中甚爱之，作长短句赠之，其略曰，'槁木形骸，浮云身世，一年两到京华。又还乘兴，闲看洛阳花。说甚姚黄魏紫，春归后，终委泥沙。忘言处，花开花谢，都不似我生涯'云云。予政和改元见于兴国寺，以诗戏之曰：'相逢一拐大梁间，妙语时时见一斑。我欲从公蓬岛去，烂银堆里见青山。'予姻家许中复大夫宜人,赵参政概之孙女,云:'我十许岁时,见刘跛子来觅酒吃,笑语终日而去。'计其寿百四十五年许。尝馆于京师新门张婆店三十年,日坐相国寺东廊,邸中人无有识之者。

后来,南宋王明清《挥麈录》中记载有:"刘跛子者,洛阳人,知人死生祸福,岁一至京师,前辈杂说中多记之。至宣和犹在,蔡元长正炎盛,闻其入都,在大房中下。大房者,外方居养福田院之类。即令其子绦屏骑从往访之,跛子以手挥之勿令前,且取一瓦砾,用土书一'退'字,更无它语。绦归,以告于元长,元长悟其言而不能用,遂至于败。"南宋范公偁《过庭录》亦记载:"有学老子者曰刘跛子,颇有异行。时至洛看花,一日告人曰:'吾某日当死'至期果然。与之善者,遂葬于故长寿宫南,托无悔铭其墓曰:跛子刘姓河东乡,山老其名野夫字。丰髯大腹右扶拐,不知年寿及平生。王侯士庶有敬问,怒骂掣走或僵死。洛阳十年为花至,政和辛卯以酒终。南宫道旁冢三尺,无孔铁鎚今已矣。"

在以上记载里面,刘跛子虽然被描绘成一个有异能的世外高人,但却看不出他与八仙有什么联系。真正将"拐仙"与钟吕八仙联系起来的是南宋初年的道士陈田夫,他在《南岳总胜集》"圣寿观"条中载道:

太平兴国中,有跛仙遇吕洞宾于君山,后亦隐此,行灵龟吞吐之法,功成回岳麓,自号潇湘子。尝云:我爱潇湘境,红尘隔岸除。南山七十二,惟喜洞真墟。元祐间常有白鹤栖鸣于杉松之上,三日而去。宣和元年改寿祺。

陈田夫记录的这位无名跛仙曾跟随吕洞宾学习道法,算是吕洞宾的弟子,也就有了加入八仙的理由。在金代董明墓八仙砖雕中就已经有了拐仙的形象。可见,此时拐仙已经进入了八仙序列。元代苗善时的《纯阳帝君神化妙通记》中将这位岳麓跛仙称为刘跛仙,可能是将历史上记载的两个跛仙捏合到了一起,书中"度刘跛仙七十二化"云:

长沙刘跛仙,遇帝君于君山,得灵龟息炁之法。功成,归隐岳麓,号潇湘子。常侍帝君,往来黄口洞,并数游城下,有诗曰:南山七十二,独爱洞真墟。后有郑愚者,遇跛仙于清泰门外,相与俱仙去。

另外,南宋李简易《玉溪子丹经指要混元先派之图》中又将吕洞宾门下的拐仙称为李铁拐。孰是孰非,不得而知。但是"李铁拐"这称呼却被元代戏曲家创作到了杂剧剧本之中,通过戏曲的传播,铁拐李的名称开始在民间定型。元代戏曲家岳伯川创作的杂剧《吕洞宾度铁拐李岳》,对八仙中"铁拐李"名称及故事的定型起到了重要作用。其故事大概是这样的:"铁拐李"本名叫岳寿,原在郑州做孔目(掌管狱讼、帐目、遣发等事务的官吏),由于得罪了上司韩魏公,吓出了重病。病死后到了阴间,阎王因其平日"吏权大重,造业极多,那更亵渎大罗神仙"准备置油锅刑罚。吕洞宾奉钟离权之命点化岳寿,赶到阴间请求阎王放其回阳世,并收其为徒。岳寿回阳以后,发现其妻已将他的尸身焚化,不得已阎王只好让他附在李屠户的儿子身上还魂,"前姓休移,后姓莫改,双名李岳,道号铁拐"。这便成了铁拐李的由来。

到了明代,铁拐李的故事又发生了新的演化,并且在演化过程中逐渐背离了元杂剧中所描述的人物关系。明洪自诚《逍遥墟经》中载:

> 铁拐先生，姓李，质本魁梧，早岁闻道，修真岩穴。时李老君与宛丘先生，尝降山斋，诲以道教。一日，先生将赴老君之约于华山，嘱其徒曰：吾魄在此，倘游魂七日而不返，若甫可化吾魄也。徒以母疾迅归，六日化之。先生至七日果归，失魄无依。乃附一饿莩之尸而起。故形跛恶，非其质矣。

在《逍遥墟经》的记载中，铁拐李不再是吕洞宾的弟子，而是跟随太上老君和上古仙人宛丘先生学习道法，这无疑是大大抬高了铁拐李在神仙中的地位。另外，《逍遥墟经》中铁拐李也不是简单的借尸还魂，而是自己元神出窍后，因身体被毁，附身乞丐，而变成了跛子。

事实上关于"元神出窍，弟子毁尸"的故事，早在南宋周密的《齐东野语》中就有记载：

> 有道人于山间结庵。炼丹将成。忽一日入定。语童子曰：我去后，或十日、五日即还，谨勿轻动我屋子。后数日，忽有叩门者，童子语以师出未还。其人曰：我知汝师久矣，今已为冥司所录，不可归，留之无益，徒臭腐耳。童子村朴，不悟为魔。遂举而焚之。道者旋归，已无及，绕庵呼号曰：我在何处。如此月余不绝。

与《逍遥墟经》中将铁拐李描绘成上古神仙相比，《历代神仙通鉴》的记载更加令人匪夷所思。其称铁拐李为"东华齐阳启元帝君"，东华帝君乃全真五祖之首，钟离权的师父。这样一来，铁拐李虽然是又和钟吕内丹扯上了关系，但却由吕洞宾的弟子变成了祖师爷。明彭大翼《山堂肆考》中云："按拐仙姓李，名孔目，有足疾，西王母点化升仙，

铁拐李石雕

封东华教主,授以铁拐一根。前往京师,度汉大将军钟离权,有功,加封紫府少阳帝君。权字云房,号正阳子,度吕岩有功,封开悟阐道帝君。洞宾度张果老,果老度何仙姑,果老又度曹国舅。"这一说法后来居然还被全真教徒所接受,如清代全真教史文献《金盖心灯》记载"东华帝君姓李名亚,字元阳,号小童君,春秋时人,元朝敕封'全真大教主东华紫府辅元立极少阳帝君',法箓称'铁师元阳上帝',世称'铁拐李祖师'。"在民间影响很大的明代八仙小说《东游记》中,虽然采用"铁拐李是东华帝君"这一说法,但是在其故事中,铁拐李参与了度化钟离权的行动。他故意挫败钟离权的军队,迫使钟离权逃入深山遇到东华帝君,点化成仙。因此,在《东游记》中,铁拐李也是一位上古大仙,地位应在八仙之首。

综上所述,铁拐李的故事传说在最初形成的时候,是以吕洞宾弟子的身份加入钟吕八仙系统。但后来在发展过程中,他的身份又逐渐演变成了东华帝君,反而成为八仙之首。由于他的形象是一位背着药葫芦、施药治病的老翁,因此在民间传说尤其是医药行当中,铁拐李还被尊为狗皮膏药的发明者和祖师爷。

7 蓝采和

在八仙中,蓝采和是出处相对简单的一个人物,最早记载蓝采和事迹的是南唐沈汾的《续仙传》,其云:

> 蓝采和,不知何许人也。常衣破蓝衫,六銙(kuǎ)[1]黑木腰带,阔三寸余,一脚着靴,一脚跣行。夏则衫内加絮,冬则卧于雪中,气出如蒸。每行歌于城市乞索,持大拍板,长三尺余。常醉踏歌,老少皆随看之。机捷谐谑,人问,应声答之,笑皆绝倒。似狂非狂。行则振靴,言曰:"踏踏歌,蓝采和,世界能几何?红颜一椿树,流年一掷梭。古人混混去不返,今人纷纷来更多。朝骑鸾凤到碧落,暮见桑田生白波。长景明晖在空际,金银宫阙高嵯峨。"歌极多,率皆仙意,人莫之测。但将钱与之,以长绳穿,拖地行。或散失,亦不回顾。或见贫人,却与之,或与酒家。周游天下,人有为儿童时见者,及斑白见之,颜状如故。后踏歌濠、梁间,于酒楼乘醉,

---

[1] 銙(kuǎ):古代腰带上的饰物。用金、犀角、银、铁等制成,其质料和数目随服者的身份而异。

一 八仙人物的来历及其组合 | 37

蓝采和
（明《有像列仙全传》）

有云鹤笙箫声，忽然轻举于云中，掷下靴、衫、腰带、拍板，苒苒而去。

从《续仙传》描述来看，蓝采和应该是晚唐五代时期的一个闲散道人，因其服装别致以及乞索方式的特异而被传为真仙，并无太多神异事迹。但是，由于他不惧寒热的异术与视世事无常的人生态度与内丹道宗旨相似，因此，金元时期，全真道在构建八仙组合时，将与内丹道关系密切、在民间有着广泛影响力的蓝采和选入了钟吕八仙。

元代，受全真道影响，杂剧作家们以钟吕八仙故事为题材，编写了大量的神仙道化剧，风靡一时。在这些八仙戏剧里面，蓝采和稳稳位于八仙队伍之中，如：《吕洞宾三醉岳阳楼》《陈季卿误上竹叶舟》《献蟠桃》《长生会》《群仙祝寿》《南极登仙》《度黄龙》《洞玄升仙》《城南柳》

等剧中,蓝采和均位于八仙之中,着绿袍,持拍板。而且还出现了以蓝采和为主角的《汉钟离度脱蓝采和》,讲述了汉钟离度脱蓝采和得道成仙的故事。剧中云蓝采和原名许坚,采和是他的艺名,在勾栏中唱杂剧。他在五十岁做寿时,因失误官身,被官府扣打四十大板,后被钟离权引度成仙。这样蓝采和便与八仙领袖钟离权产生了联系。而历史上也确有许坚这个真实人物,他是南唐隐士,《南唐书》有传,其人放浪形骸,行止怪异,其诗超然物外,醒然出世。因为许坚的思想行为与蓝采和有相似之处,所以被杂剧作者附会为了蓝采和的原型。

由于蓝采和传说的出处比较单一,事实也不是很清楚。因此,除被附会为许坚之外,他还被认为是陈陶。陈陶也是一位南唐隐士,隐居洪州西山。其人明天象,曾预言南唐灭亡。据宋代龙衮的《江南野史》记载:

> 开宝中,常见一叟,角发被褐,与一炼师[1]舁(yú)药入城鬻之,获资则市鲊就炉,二人对饮且咲,旁若无人。既醉且舞,而歌曰:"蓝采禾,尘世纷纷事更多,争如卖药沽酒饮,归去深崖拍手歌"。时人见其纵逸,资貌非常,每饮酒食鲊,疑为陶之夫妇焉。竟不知所终,或云得仙矣。

陈陶的歌中有"蓝采禾"一语,且意境与蓝采和踏踏歌相似,这成为后世人将其附会为蓝采和的关键证据。元末明初杂剧《蓝采和锁心猿意马》与明末清初杂剧《蓝采和长安闹剧》中均以陈陶为蓝采和。《长安闹剧》中,陈陶自报履历云:"自家陈陶是也。生于南唐之地,筑室西山之阿。年少气豪,自道中原麟凤;平生肠热,也悲千古灵均。

---

[1] 炼师:道士的敬称。《唐元典》:"道士修行有三号,其一曰法师,其二曰威仪师,其三曰律师,其德高思精谓之炼师,故当时学者皆曰炼师云。"

蓝采和
(清《蟠桃八仙会》)

及至世网终疏,我情愈淡。采药山中,捡一百二十之奇种;炼丹物外,讨八十一遍之回还。真个是乾坤见了文章懒,龙虎成来印绶疏。如今快骑鸾鹤,倒也混俗龙蛇,整日在长安市上,拖一拍板,唱一踏歌,不扬姓字,混称采和。"

后来,民间社会又给蓝采和创造出了两个原型。明代著名八仙小说《东游记》中称:"采和持板踏歌蓝采和者,乃赤脚大仙之降生也。身虽为人,不昧本性。放荡不羁,玩游一世。"后来,蓝采和遇到铁拐李,相与讲道,从而进入了钟吕八仙队伍。清末无垢道人的小说《八仙得道》则讲得更加玄乎,其云:嫦娥偷吃灵药受罚,尔后跟赤脚大仙之弟披发仙人投胎而成孟姜女、范杞梁,尔后又投胎为安徽临淮县王月英、蓝采和,得铁拐李度脱而成仙,加入了钟吕八仙系统。

明清时期,民间社会除了附会蓝采和的原型之外,还形成了以蓝采和传说为主的地名。如:临淮县有撒金街,便是根据蓝采和撒钱的传说而来的,还有县内望江楼,相传蓝采和仙人在此望之,因此得名。

与此同时，蓝采和传说在民间社会流传的过程中，也逐渐发生了变化。蓝采和的形象变得越来越年轻，手中的法宝也经常发生变化，一会儿手持拍板，一会儿手持花篮，一会儿手持笛子。他与韩湘子逐渐成为八仙中少年人的代表。

总的来说，蓝采和应该是五代时期南唐的一位玩世道人，因其行为举止、特异服装而被民间传为神仙。由于其身份模糊，后世遂以南唐著名隐士许坚、陈陶附会之。到了元明时期，在风靡一时的杂剧中，蓝采和被传为汉钟离或铁拐李的徒弟，从而与内丹道扯上了关系，并就此加入了以钟吕为核心的八仙组合之中。

小知识◎蓝采和是男还是女？

按照文献记载，蓝采和是一位破烂衣服、放荡不羁的乞丐形象，但如今的电视剧《东游记》《八仙全传》等，饰演蓝采和的都是女演员，这究竟是为什么呢？原来，在明清时期，蓝采和形象逐渐由一位破烂衣服乞丐转变成为手持花篮的翩翩美少年，性别特征并不明显。由于蓝采和的法器是花篮，而手持花篮卖花的形象与女性非常相配，民间便将"蓝采和"误认为"篮采荷"，进而讹传其为女性，与何仙姑配成了一对女仙。清代舞台上的蓝采和多是小旦打扮，以女仙面目出现。清赵翼《陔余丛考》卷三四云："世俗相传有所谓八仙者，曰汉钟离、张果老、韩湘子、铁拐李、曹国舅、吕洞宾。又女仙二人：蓝采和、何仙姑……蓝采和乃男子也，今戏本又硬差作女妆，尤可笑。"

8 何仙姑

何仙姑是八仙中唯一的一位女性神仙。关于她的记载最早出现于唐代,《太平广记》引《广异记》云:广州有位何二娘,本不修仙术。二十岁时突然去了罗浮山,常为寺众采杨梅充斋。但是,奇怪的是罗浮山并无杨梅,只有到四百里外的循州才能采到杨梅。有一天,循州寺僧来到罗浮山,谈起某月某日有仙女到他们寺前采梅,罗浮寺僧一听,正是何二娘采梅充斋之日,便知她是仙女了。唐开元年间,敕命黄门使往广州征召何二娘。在赴京途中,黄门使恋其美色,意欲出言调戏,还没开口,何二娘便说:"中使有如此心,不可留矣"言毕踊身而去,从此绝迹人间。

唐代关于何仙姑的记载并不多,因此这位广州何仙姑是否实有其人,难有定论。

大约到了宋代中期,在衡州又出现了一位何仙姑。关于她的事迹,欧阳修、张舜民、刘攽、王得臣等众多宋代文人在笔记中均有记载,应该是实有其人。欧阳修《集古录》云:

何仙姑
（明《有像列仙全传》）

"谢仙火"字，在今岳州华容县废玉真宫，柱上倒书而刻之，不知何人书也。传云大中祥符中玉真宫为天火所焚，惟留一柱有此字，好事者遂模于石。庆历中，衡山女子号何仙姑者，绝粒轻身，人皆以为仙也。有以此字问之者，辄曰：谢仙者雷部中鬼也，夫妇皆长三尺，其色如玉，掌行火于世间。后有闻其说者，于道藏中检之，云实有谢仙名字，主行火，而余说则无之，由是益以仙姑为真仙矣。近见衡州奏云仙姑死矣，都无神异。客有自衡来者，云仙姑晚年羸瘦，面皮皱黑，第一衰媪也。

依照欧阳修所记，衡州何仙姑晚年衰朽，并无神异之处。而且其所云"谢仙火"的来历也被王得臣认为是杜撰，王得臣在《麈史》中云："夫伐木于山者，其火队既众，则各刻其名，以为别耳，凡记木必刻于木本，营建法本在下，故倒书由是，知仙姑之妄也。"可见，在北宋文人的记载中，这位衡州何仙姑并无神异之处，而且也没发现她与钟吕内丹有任何联系。因此，她不可能是后来加入八仙的何仙姑。真正与钟吕内丹关系密切的，是北宋永州所出现的何仙姑。据魏泰的《东轩笔录》记载：

> 永州有何氏女，幼遇异人，与桃食之，遂不饥无漏，自是能逆知人祸福，乡人神之，为构楼以居，世谓之何仙姑，士大夫之好奇者，多谒之以问休咎……潭州士人夏钧，罢官过永州，谒何仙姑而问曰：世人多言吕先生，今安在？何笑曰：今日在潭州兴化寺设斋。钧专记之，到潭日，首于兴化寺取斋历视之，其日果有华州回客设供。顷年，滕宗亮谪守巴陵郡，有华州回道士上谒，风骨耸秀，神宇清迈，滕知其异人，口占一诗赠之，曰："华州回道士，来到岳阳城，别我游何处，秋空一剑横。"回闻之，忧然大笑而别，莫知所之。

此处所云"华州回道士"即是指吕洞宾。另外，关于永州何仙姑与吕洞宾的记载还见于北宋刘斧的《青琐高议》，其云：

> 道州知州周廉夫潜回阙，道由零陵。见仙姑坐中有客，风骨甚峻，顾望尤踞傲，且不揖。廉夫意似怒，其人乃引去。廉夫曰：彼何人，而简傲若此？仙姑曰：此乃吕仙翁也。廉夫急遣人追之，已不见矣。仙姑曰：仙翁意有所往，即至其地。不逾一刻，身已千里。廉夫固问仙姑：吕仙翁今往何处？仙姑乃四望曰：见仙翁已在燕南府矣。廉夫自恨而已。

由于，永城何仙姑与吕洞宾的关系较为密切，宋元之际的道门中人，在编撰祖师仙传中便将她列为吕洞宾弟子。如曾慥《集仙传》中讲何仙姑之所以成仙是吃了吕洞宾祖师所赠的仙桃。苗善时在编撰《纯阳帝君神化妙通纪》时，还专门写有"度何姑十九化"。

除了永州何仙姑之外，北宋赵彦卫《云麓漫钞》中还记载了一位扬州何仙姑，她也与吕洞宾有所关涉。书中云："昔维扬有何仙姑，世以为谪仙，能与其灵接。一日钟离过之，使治黄素，乃书此诗。吕公亦跋其后，令侯王学士至而授之。后数日，王古敏仲自贰卿出守会稽，至维扬访，姑即以与之，王秘不以示人。宣和丙午其子诚为西京留司御史，绰有中外之好，得其临本，后王氏家残于兵。"

明张路绘何仙姑与蓝采和像

另外，从宋代文人对吕洞宾记载来看，吕洞宾的弟子中还有一位赵仙姑。宋胡仔《苕溪渔隐丛话后集·回仙》载吕洞宾自记云："吾得道年五十，第一度郭上灶，第二度赵仙姑。郭性顽钝，只与追钱延年之法；赵性通灵，随吾左右。"这位赵仙姑本与何仙姑没有什么关系，但是后人偏偏将二者捏合到了一起。赵道一的《历世真仙体道通鉴后集》中称"赵仙姑，名何，永州零陵人。"又将永州何仙姑，甚至衡州何仙姑的故事都归入到了赵仙姑名下。

由以上记载可以看出，我国古代共有四个不同的何仙姑传说，这四个传说各有各的系统，并无干涉。从与钟吕内丹的关系来看，永州何仙姑最有可能是八仙之中何仙姑的原型。只不过到了后来，小说、戏曲创作者不断将这些不同系统的传说融合在一起。如明清时期影响很大的八仙小说《东游记》，在描述何仙姑身世时用的是唐代广州何仙姑故事，论述与吕洞宾关系时则用了永州何仙姑的故事。

在起初的元杂剧中，虽然已经大体形成了后世所传的八仙组合，但并没有何仙姑。如马致远《吕洞宾三醉岳阳楼》的八仙组合中没有何仙姑，却多了个徐神翁，岳伯川《吕洞宾度铁拐李》中也没有何仙姑，多的是张四郎。何仙姑后来之所以能够加入八仙，与其女性的特殊身份有很大关系，她代表了社会中众多女性修道者和信徒。钟吕八仙之所以能在民间社会广泛流传，除了这些神仙本身在民间的影响力之外，还有一个因素，就是这个组合较为全面地代表了社会的各个阶层，容易形成一个为社会普遍公认的群体，这也是钟吕八仙组合具有永久魅力的原因之一。

小知识◎何仙姑宝卷

何仙姑作为八仙之一，其仙事并不突出。但是，她作为八仙中的唯一女性，则被民间宗教所看重，进而创作了许多与其相关的宝卷，用来传播其教思想与理念。据吴光正考证，《何仙宝卷》《孝女宝卷》《何仙宝传》便是民间宗教利用何仙姑事迹宣传教理的说唱文学。这些宝卷虽然讲述是何仙姑得道，但其真正目的是借何仙姑得道情节来反映民间宗教的创世说和劫变说。他们宣扬，无生老母自开天辟地以来，两次派仙佛下凡，度脱两亿皇胎儿女归元认母，还有九十二亿皇胎儿女等着弥勒佛度化，这些皇胎儿女被凡情迷没，贪恋酒色财气，丧良心，昧天理。上帝怒降瘟疫刀兵，魔王下凡，到处荒乱。末劫险恶，无生老母督导仙佛下凡，普渡皇胎儿女。《何仙宝卷》中，玉女下界投胎为何氏女，无极老母令吕洞宾下凡度何氏女归元；《孝女宝卷》中，无生老母敕令吕洞宾度脱莲香菩萨投胎的何莲贞还元认母。讲的都是度脱皇胎儿女的事情。

9　曹国舅

曹国舅排名为八仙之末,在八仙之中,他出现的时间最晚,流传的仙话也最少。宋元时期的仙传中,曹国舅曾为吕洞宾的弟子。关于他的身世来历,说法大同小异,那就是宋仁宗的曹皇后之弟曹佾(yì)。

曹佾,字公伯,枢密使曹彬之孙,《宋史》有传,称其"性和易,美仪度,通音律,善奕射,喜为诗"。其姊在宋仁宗明道二年被立为皇后,因此他也被称为曹国舅。曹佾一生为官,曾封济阳郡王,虽地位显赫,却为人低调,善于自保,退朝终日,语不及公事。神宗皇帝曾赞曰:"曹王虽用近亲贵,而端拱寡过,善自保,真纯臣也!"曹佾年老时曾入宫亲侍太后疾,七十二岁卒,赠太师,追封沂王。

曹佾虽然平日里心志恬退,但并没有证据表明他对修道成仙有任何兴趣。关于曹国舅修仙的记载均来自道教仙话或民间传说。目前已知最早关于曹国舅修仙的记载,来自元代苗善时编的《纯阳帝君神化妙通记》,其中"度曹国舅第十七化"云:

曹国舅
(清《蟠桃八仙会》)

曹国舅本传,丞相曹彬之子,曹皇后之弟。美貌绀发,秀丽敏捷,本性安恬,天资纯善,不喜富贵,酷慕清虚。年十二三岁,三教经书,一览精通。自幼出入禁中,上及后妃皆爱敬之。上每与语,惟言清静自然,无为治政。上甚喜,尝赐衣黄袍红绦,惟稽首谢而已。一日辞上及后,上问:"何往?"曰:"道人家信意十方,随心四海。"上与后阻挡数次,赐鞍马人从,皆不受。上赐一金牌,刻云:"国舅到处,如朕亲行。"遂三五日,忽不知所往,惟持笊篱化钱度日。忽到黄河渡,艄工索渡钱,曰:"我道人家没钱。"艄工毁骂,逐下船。遂于衣中取出金牌与艄工准渡钱。舟中人见上字,皆呼万岁,艄工惊惧。有一褴褛道人坐船中,喝叫:"汝既出家,如何倚势惊欺人?"曹躬身稽首曰:"弟子安敢倚势?能弃于水中否?"

曹随声将金牌掷向深流，众皆惊拜。道人呼曹上岸，"同我去来。"曹诺，遂随道人上岸，同行数里，在一大树下歇。道人问曹曰："汝曾识洞宾否？"曹曰："弟子浊夫，何识仙人？"道人叹曰："吾是也。特来度汝。"曹再拜，复同往，授以道妙口诀，修证仙果。亦有仙文集传留于世云。

可见，在道教仙话中，曹国舅为吕洞宾弟子，他也是因为这层关系而被选入到钟吕八仙的。

但是，《纯阳帝君神化妙通记》的曹国舅故事并没有广泛流传，后世沿用更多的则是另外一个故事版本。在这个版本里，曹国舅有个弟弟，恃势妄为，因不法杀人而被包拯正法。曹国舅为人正直，天性纯善，对其弟恶行深以为耻，遂入山修炼，后遇钟离权、吕洞宾点化而得道成仙。明清时期的《列仙全传》《仙佛奇踪》《神仙通鉴》《东游记》等仙传小说关于曹国舅的章节均沿用的是这一版本。《绥通考》《历代仙史》《吕祖志·事迹志·补遗》中的"曹国舅条"叙述的也是这一情节。而在历史上，曹国舅并没有弟弟，只有一个从弟名叫曹偕，《宋史》有传，称其"少读书知义，以节侠自喜"。可见，仙传中曹国舅那位仗势杀人的弟弟纯属民间虚构。这一故事版本之所以能够广泛流传，除了八仙故事本身在民间有着巨大的影响力之外，还借助了另一个流传广泛的民间故事系统——包公传说。这个版本通过包公斩国舅这样的青天断案传奇而得到广泛传播，成为明清时期曹国舅故事的主要形态。

在明清道教仙传中，曹国舅虽然有个品行恶劣的弟弟，但是他本人还是以正面形象出现的。但是随着包青天故事在民间影响越来越大，民间艺人在对曹国舅公案的创作中越来越偏重于宣扬包青天为民除恶的一面，因此故事越编越离谱，到最后曹国舅被创作成了一个帮助弟

明张路绘曹国舅像

弟作恶的反面形象。采用这一故事版本的主要是一些"包公案"系统的说唱故事，如《龙图公案》《新刊说唱包龙图断国舅公案》等。这个故事的情节大略是这样的：曹国舅的弟弟觊觎一个秀才妻子的美貌，便杀死了秀才及其孩子，并逼迫秀才妻子嫁给自己。秀才的鬼魂找到包公告状，包公令手下从曹府井中捞出了秀才尸体。曹国舅得知此事后，寄信令弟弟赶快将秀才妻子灭口。秀才妻子死里逃生，到开封去告状，又误把曹国舅当成了包公，被曹国舅用铁鞭打到昏死过去，弃于陋巷，为店主王婆救醒，终于见到了包公。包公佯装生病，在曹国舅前来看望之时，令秀才妻子与其对质，并将其拘押。然后又以曹国舅的名义写信将其弟弟骗来，一并拘押。后来，包公拒绝了太郡夫人、皇后乃至皇帝的说情，将曹国舅的弟弟处斩。皇帝为了保住曹国舅的性命，不得不下令特赦天下囚犯，曹国舅死里逃生被赦免，大彻大悟，遂入山修行，得入仙班。这个故事里，曹国舅作恶多端，却得以位列仙班，不得不说这剧情也太过荒诞离奇。

综上所述,曹国舅出身尊贵,或许是因为他恬淡的性情让人觉得与仙道相类,宋元时期的仙传将其编为吕洞宾的弟子,并最终入选八仙。曹国舅能进入八仙组合,除了与吕洞宾扯上关系之外,还由于他那显赫的身份地位。王世贞《题八仙像后》曾云:"以是八公者,老则张,少则蓝、韩,将则钟离,书生则吕,贵则曹,病则李,妇女则何,为各据一端作滑稽观耶。"可见,曹国舅在八仙中代表了社会中的权贵阶层。在民间的八仙画像中,曹国舅也多以身穿官服、头戴乌纱、手持笏板的官吏形象出现。

10 徐神翁

说起八仙中还有一位徐神翁，可能现代社会中的大多数人并不知晓。其实，在八仙组合形成的早期，徐神翁一直是较为稳定的成员之一。元代，许多关于八仙的神仙道化剧中都有他的出场，著名的永乐宫壁画"八仙过海图"中，他亦在其中。直到明代中后期，徐神翁在八仙组合中的位置才被何仙姑所取代，渐渐淡出了人们的视线。

徐神翁是北宋年间的著名道士。比起其他八仙成员的虚无缥缈，徐神翁则显得更为真实。他以未卜先知的神异功能闻名于北宋朝野，后经文人士大夫的宣传、崇道皇帝宋徽宗的召见赐号以及民间社会的附会与神化，逐渐由人而变成了神。他的生平事迹主要记载于南宋苗希颐辑录、朱宋卿重修的《虚静冲和先生徐神翁语录》与南宋王禹锡所撰的《海陵三仙传》中。

徐神翁原名徐守信，泰州海陵人，少年时孤苦无依，无以自给。十九岁便进入天庆观，做扫洒之杂役。可见，徐守信起初连做道士的资格都没有。嘉祐四年，天台道士余元吉来天庆观寓居。由于他生有癞疮，众道士都不愿与其接触，唯有徐神翁恭恭敬敬地侍奉他。一年后，

徐神翁导引法
(《仙传四十九方》导引图)

余元吉去世,徐守信讨了一口棺材,将其安葬,哀痛如丧师父。此后的徐守信仍在观中做杂役,但行为举止变得怪异,终日若歌若笑,见人必先拜。更令人惊奇的是,徐守信开始渐渐显现出一些异能。特别是有一次,天庆观粮食短缺,道正唐日严命徐守信去远郊督促田丁运粮,他非但没有去,还躲到三清殿后枕着扫帚睡觉。唐日严发现后责难他,他却说粮自会运到,不久后田丁果然将粮运到。唐日严夸奖田丁自觉,田丁却说是在徐守信终日督促下才按时将粮运到。唐日严闻后大惊,方知徐守信已非常人,便将他置道士籍,度为道士。

徐守信成为道士后不愿意穿道袍,仍然穿着短衫做杂役。他平日里常背诵《度人经》,如果有人向他求问平生祸福,他便用《度人经》中的文字来回答,甚是灵验。徐守信原本不食荤腥,但是在元丰年间却突然开了戒,并且劝观中其他道士也吃荤,大家不知何故。不久徐州破获了妖人作乱的案子，由于妖人多素食，朝廷对吃素的道士特别注意，株连了淮上许多道观。发运使蒋之奇奉命追查，听说徐神翁的传闻，便怀疑上了他。召去讯问"吃不吃荤"，徐守信答："吃的。"旁边也有人作证，蒋之奇怀疑顿消大半。接着他又问："你知道我是谁吗？"徐守信却答非所问。蒋之奇非常生气，正待发作，徐守信却摸着自己的背说："这儿生了个瘤，痛得不能多说话。"蒋之奇听后暗暗心惊，原来他背上生了个肿块，盛怒则裂，有时痛到话也不能说，而且没有人知道这个秘密。他这才知道徐守信是个神人，慌忙离座下来，对徐守信下拜道："经书上说'神公受命，普扫不祥'，看来说的就是您了。"蒋之奇一句"神公"，传扬开来，从此徐守信就有了"徐神翁"的称号。

蒋之奇为宋代名贤，与苏轼、刘焘等人皆为好友。经过蒋之奇宣传，徐神翁在文人士大夫阶层中名声越来越大，交接日广。众多文人名士前来询问祸福、占卜命运，徐神翁往往赠予来人几个字，这些字并不是明确告知答案，而是需要将之与后来发生的事情相比附后，找出它们之间一定的关联。如王安石退居金陵时，曾向徐神翁求字。徐神翁送了"敕舒王"三字，王安石去世后，果然在徽宗时追赠"舒王"的封爵。还有苏轼，元丰八年，苏轼知登州，五天后就召入京师，途中谒见徐神翁求字。徐神翁写了"来三守"三字，又当着东坡面说："不做官就好。"以后涉及朝廷党争，苏轼先后离朝出任杭州、定州、扬州太守，最后被远谪岭南，逢赦北回不久就逝世了，应验了徐神翁的预言。这件事被其弟苏辙记载在《龙川略志》里面，苏辙还说苏轼对徐神翁的话"信之不能用"。另外，苏辙还记载了徐神翁对他的预言，他对徐神翁的预言也是颇为信服。其云：

时予亦自绩溪被召为校书郎，至高邮遇秦观，观适欲见翁,予因托问之,翁书《灵宝度人经》二句授之,曰:"运当灭度,身经太阴。"道家言道士尸假,谓之"身经太阴"。后七年,予自门下侍郎谪知汝州,自汝复来袁州,未至,徙筠,自筠徙雷,自雷徙循,自执政为散官,居岭南,岂非"身经太阴"耶?然方赴袁州,过淮南,复遣人往问翁,翁复书二句授之,曰:"十遍转经,福德立至。"谓所遣人曰:"十,数也。过去十,见在十。"观中人言,翁每有所书,未尝自解释,宜谨识之。予见之,惊曰:"术者言予亦过戌运,十年多福,见行酉运,十年多厄,岂翁所谓也。"按经文,"身经太阴"与"十遍转经",一章前后语也,予今流窜患难,已六年矣,岂十年之间,当有再生之理?即异日北归,当谒公谢之。

徐神翁预言及所授《度人经》词句与苏轼、苏辙兄弟命运之间不存在任何关联,上述解释非常牵强。但是他们却相信这种预示是真的。有了这些文人名士的宣传,徐神翁想不出名都难,甚至连皇位的继承人都要找他来算算。据蔡绦之《铁围山丛谈》记载,宋哲宗元符年间,太子邓王薨。宋哲宗面临着无子继承皇位的境地,求嗣之心急切,命人到泰州请徐神翁想办法。徐神翁却说:"上天已降嗣矣。"再三遣使迫询其故,即大书"吉人"二字,一时无人知晓是什么意思。后来端王赵佶(即宋徽宗)继位,众人始悟"吉人"乃宋徽宗御名。因此,不管是有心还是无意,徐神翁都成了宋徽宗继承皇位的功臣。而宋徽宗本身就是一位崇信道教的"道君皇帝",自然不会怠慢他。崇宁二年,宋徽宗下诏赐号徐神翁为"虚静冲和先生",并派人将其接到了汴京。据宋代周辉的《清波杂志》记载,徐神翁在汴京期间,权臣蔡京设宴款待,恭敬地向他询问终身,徐神翁答以"东明"二字。蔡京不得其解,众人皆云:"东明乃向日之方,可卜富贵未艾。"蔡京因此也就心满意足。后来蔡京流放潭州,死于城外五里东明寺。人们便将蔡京的死亡地点与徐神翁所书之字联系起来,大叹神异。

北宋大观二年四月二十日,徐神翁解化于泰州上清储祥宫之道院,年七十有六,赠太中大夫,敕葬泰州城东响林东原。纵观徐神翁一生的神奇预言,他的预言起初指向并不明显,而是需要人们将其与后来发生的事情相关联。这样一来,出现某种巧合的几率就会变大。而一旦出现某种巧合,文人名士开始对此不断宣传,影响成倍扩散。有关徐神翁的神奇故事在宋元诗文、笔记小说中频繁出现,甚至有人开始编撰故事并附会到徐神翁身上。如元陶宗仪的《辍耕录》记载:

> 初,宋高宗在潜邸日,泰州人徐神翁云,能知前来事。群阉言于徽宗,召至以宾礼接之。一日,献诗于帝曰:"牡蛎滩头一艇横,夕阳西去待潮生。与君不负登临约,同上金鳌背上行。"及两宫北狩,匹马南渡,建炎庚戌正月三日,帝航海,次章安镇。滩浅阁洲,落帆于镇之福济寺前以候潮,顾问左右曰:"此何山?"曰:"金鳌山。"又问:"此何所?"曰:"牡蛎滩。"因默思神翁之诗,乃屏去警跸,易衣徒步登岸。见此诗在寺壁间,题墨若新,方信其为异人也。

此故事因徐神翁预知赵构南渡的奇异事件,曾被人广为传颂。但是,赵构生于大观元年,而徐神翁大观二年即仙逝了,此事疑为元人附会而成。

另外,苗善时的《纯阳帝君神化妙通记》中,徐神翁还被附会成仙人吕洞宾的好友。据其所云,当时的大臣吕惠卿拜访徐神翁时,徐

明代铁碑中的八仙

神翁处有一道人对其态度傲慢,言语也多有冒犯。吕惠卿大怒,问:"你是何人?"道人答曰:"我与你同族。"说罢,布香炉灰于地,画灰作一词曰:"鼎里坎离,壶中天地,满怀风月,一吸虚空。尘寰里,何人识我,开口问。洪蒙云中,三弄笛。岳阳楼外,天远霞红。笑骑黄鹤,暂过海陵东。拂袖呵呵归去,銮和玉佩,风响乔松。君若要知吾踪迹,试与问仙翁。"拍手大笑而去,不知所之。吕惠卿问徐神翁,徐曰:"即洞宾也"。吕惠卿方悟同族之说,追恨莫及。这个故事的出现,直接建立了徐神翁与八仙核心成员吕洞宾的联系,这样一来,徐神翁进入八仙组合就显得顺理成章了。

当然,徐神翁之所以能进入八仙组合,更重要的还是他在当时社会上的广泛影响力。在宋元时期,徐神翁信仰在民间社会颇有影响,其画像在社会上广为流传。北宋末年,徐神翁还在世时,就有人画徐神翁像并供奉之。其仙逝后,继续受各地供奉如:《蜀中广记》记载:"徐神翁飞升处,在(长寿)县之北真观,捣药杵臼尚存。"《江南通志》记载:"徐神翁升仙之地在常熟县西南庆仙桥。"又云:"徐守信,泰州人,白日上升,有丹井遗迹,在徐州萧县。"等等。

  同时,关于徐神翁的仙话传说,在元代社会流传也是相当广泛。目前现存的元明神仙道化剧《吕洞宾三醉岳阳楼》《吕洞宾三度城南柳》《陈季卿误上竹叶舟》《孙真人南极登仙会》《吕翁三化邯郸店》《争玉板八仙过海》《吕洞宾花月神仙会》《紫阳仙三度常椿寿》等文章中,徐神翁均位列八仙之中。直到明代中期以后,受汤显祖的《邯郸梦》影响,何仙姑才逐渐替代了徐神翁而进入八仙序列。

11 刘海蟾

提起刘海蟾,无论是在道教内部还是在民间社会,都可谓是声名显赫。在道教内部他是大名鼎鼎的全真教北五祖之一;在民间社会则有"刘海戏金蟾,处处洒金钱"的传说,百姓更是把他当做财神供奉。明清时期,民间过午时多张贴《刘海戏蟾图》和《刘海洒钱图》以取发财吉利之意。

刘海蟾大约生活于五代时期,关于他的事迹最早见于北宋何子远的《春渚纪闻》,其云宋真宗时,有一天神下降到凤翔人张守真的身上,张为其传灵语,极为灵验,被朝廷封为翊(yì)圣,建庙宇奉之。张守真也因此被度为道士,管理庙中香火。与张守真交流的这位天神对牛极其爱护,庙周边的百余里,只要有人吃了牛肉,或者穿了牛皮做的鞋,都会遭殃,甚至有的会立即死去。但是,有一天,一个人提着一双牛皮大靴走进庙宇,慢言周视而出,却毫发无损。张守真很是奇怪,便焚香启神曰:"此人悖傲如此,而神不即殛,有疑观听。"而神则告诉他,这个人就是新得道的刘海蟾。现在诸天渐入末运,向道者少,上帝急欲度人,每一人得道,九天皆贺。这个刘海蟾虽已成仙,却不愿意到天上就任仙职，而是继续往来人间，寻人而度。他的道行已非一般神仙可比，我连正视他都不敢，还怎么敢去得罪他呢。可见当时，刘海蟾已经成为道教中的仙人了。但是，关于刘海蟾是如何修仙成道的，《春渚纪闻》并没有提及。

目前，关于刘海蟾修道的记载，均来自于金元时期兴起的全真教。全真教创始人王重阳在其《了了歌》

刘海蟾
（明《全真宗祖图》）

叙云："汉正阳兮为的祖，唐纯阳兮做师父，燕国海蟾兮是叔主，终南重阳兮弟子聚。为弟子，便归依，侍奉三师合圣机。"按照王重阳自己的说法，他的师祖是钟离权，师父是吕洞宾，师叔是刘海蟾。刘海蟾因此也被尊为全真五祖之一，成为钟吕内丹道的核心人物。秦志安所撰的全真教史文献《金莲正宗仙源像传》中详细记载了刘海蟾被点化修仙的经过。其云：

> 师姓刘名操，字宗成，号海蟾子，燕山人也。年十六登辽之甲科，仕至上相。嗜性命之学，未究玄蕴，忽有道人来谒，师以宾礼延之，问其姓名，默而不答，惟索鸡卵十，金钱一，以金钱置按上，累累叠十卵不坠。师叹曰：危哉。道人曰：公身命俱危，更甚于此。师复问曰：如何是不危底。道人乃敛鸡卵，金钱掷之于地，长笑而去。师于是顿悟，因夜宴，尽碎宝器，明日解相印，易道衣，伴狂歌舞，远游秦川。

复遇前次道人授以丹诀，方知是正阳子也。师尝有句云：抛离火宅三千口，屏去门兵十万家。又有长歌云：醉骑白驴来，倒提铜尾柄。引个碧眼奴，担着独胡瘦。自忘尘世事，家住葛洪井。不读黄庭经，岂烧龙虎鼎。独立都市中，不受俗人请。欲携霹雳琴，去上昆仑顶。吴牛买十角，溪田耕半顷。种黍酿白醪，便是神仙境。醉卧古松阴，闲立白云岭。要去即便去，直入秋霞影。师后以道妙授董凝阳、张紫阳，乃遁迹于终南、太华之间，不知所终。有诗文行于世。元世祖皇帝封号海蟾明悟弘道真君，武宗皇帝加封海蟾明悟弘道纯佑帝君。

按照秦志安的说法，刘海蟾曾为辽国上相，后经正阳真人钟离权累卵示危，最终解相印，易道服，入山修仙。但是作为辽国上相，《辽史》中却查无此人。而全真道士赵道一的《历世真仙体道通鉴》中又说刘海蟾"以明经擢第，仕燕主刘守光为相"。但查阅《新五代史》，刘守光称帝两年即被杀，其间同样找不到刘海蟾为相的证据。可见，此事很有可能只是民间传说罢了。

刘海蟾为相之事，虽然查史无据，但是刘海蟾其人还应该是真实存在的。《新唐书·艺文志》载有海蟾子元英《还金篇》一卷。《宋史·方技传》载："栖真自号神光子，与隐者海蟾子者以诗往还，论养生秘术，目曰《还金篇》，凡两卷。"《宋史·艺文志》载《刘海蟾诗》一卷，《海蟾子还金篇》《太清篇火式》各一卷。由此来看，刘海蟾应该是生活在唐宋之际的内丹道道士。全真道将其视为钟离权的弟子，王重阳的师叔，可见其与钟吕内丹派有着莫大的联系。

按照全真道对刘海蟾的记载，他应该是最有资格进入钟吕八仙体系的。但是不知何故，他却没有和钟离权、吕洞宾一起组成八仙，而

刘海蟾
（明《全真宗祖图》）

是独立出来形成自己独有的传说系统，成为人们供奉的象征欢乐、富贵的神仙。即便如此，在明代杂剧《贺升平群仙贺寿》中还是将其列入了"下洞八仙"系列。"下洞八仙"分别为王乔、陈戚子、徐神翁、刘伶、陈抟、毕卓、任风子与海蟾刘操。另外，在当今福建莆田的地方戏中，八仙组合中有刘海蟾而无韩湘子，刘海蟾所唱的《菩提引》为"我是逍遥赤脚仙，潇潇洒洒弄金蟾。若有世人来问我，管取新年胜旧年"。他们这种八仙的组合方式或许是从古代流传下来的。

小知识◎刘海戏金蟾

"刘海戏金蟾"是中国传统吉祥纹样之一，通常是由一个蓬头少年以连钱为绳戏钓金蟾的图案构成。图中的金蟾就

一　八仙人物的来历及其组合 | 63

是传说中的三足蟾蜍,民间俗语"三条腿的蛤蟆难找,两条腿的人多的是",指的就是它。它性喜咬钱,是个能吞吐金钱的灵物,民间尊为旺财神兽,因此经商的人经常供奉一个口衔金钱的金蟾像,当作招财进宝的象征。相传神仙刘海根据它爱咬钱的习性,以一串金钱引诱并钓住它,然后金蟾吐出的金钱,被刘海用来救济穷人。因此,刘海又被民间百姓视为钓钱撒财的神仙,极受欢迎。"刘海戏金蟾"是明代以后年画常见的题材之一,如:清代上海《刘海戏蟾》、苏州桃花坞《刘海戏金蟾》、河南开封朱仙镇《刘海戏蟾瓜瓞绵绵》等。此外,在瓷器、绘画、刺绣、玉雕及一些建筑的石刻、砖雕、木雕中也常用到这一图案。

这个戏金蟾的仙人刘海,其原型便是全真北五祖之一的刘海蟾。刘海蟾原名刘操,号海蟾子。刘操怎么会由一个全真祖师变成了戏金蟾的孩子呢?据清瞿灏《通俗编》考证云:"海蟾二字号,今俗呼刘海,更言刘海戏蟾,桀谬之甚。""今演剧多演神仙鬼怪,以眩人目。然其名多荒诞,张果曰张果老,及刘海蟾曰刘海戏蟾。"由此可见,因为"海蟾子"中有"蟾"字,于是便讹变为"刘海戏金蟾"。另外,民间还有"刘海戏金蟾,步步洒金钱"的俗语,"步步洒金钱"应该是从钟离权度化刘海蟾时,将金钱抛洒于地的情节演化而来的,本意有抛弃金钱、脱离世俗之意,但在民间却被人寓意为财源广进、大富大贵。

12　张四郎

在八仙组合形成的早期,张四郎也曾经短暂地作为钟吕八仙的成员出现在元杂剧中,此后便销声匿迹了。元岳伯川的《吕洞宾度铁拐李岳》剧末尾,吕洞宾度化铁拐李成功后,借铁拐李之口唱出了一组八仙组合:"汉钟离有正一心,吕洞宾有贯世才,张四郎、曹国舅神通大,蓝采和拍板云端里响,韩湘子仙花腊月里开,张果老驴儿快,我访七真游海岛,随八仙赴蓬莱。"这里面突然冒出了一个张四郎,而且只是说他神通大,具体是什么形象,却不得而知。

关于叫"张四郎"的神仙,宋曾慥的《集仙传》称"眉州人"。事迹最早见于南宋洪迈的《夷坚志》卷三"张四郎"条:

> 邛州南十里白鹤山张四郎祠,盖神仙者流。山下碑甚古,字画不可识。郡人云:"四郎所立,以御魑魅,救疾疫。后人能辨其字者,则可学仙。"青城唐耜为邛守,好游其地,冀有所遇。每立碑下摩挲读之,忽能认一字。曰:"岂非某字乎?"

张仙像

傍有人应曰"然"。耜恶其馋言,叱使去,既而悔之,不见其人矣。又尝出游,逢道人立路左作戏,呼曰:"使君奉赠一土镜。"命从吏取之,乃顽块也。怒以为侮己,将执以归,细视其块,果耿耿有光采,始疑为异人,俄亦不知所在。唐氏至今宝此土。耜,字益大,仕至秘阁修撰。

《夷坚志》中的张四郎虽为蜀地神仙,但是身份不明,形象模糊。明代内府本"八仙戏"中也有张四郎,这里把张四郎附会成送子神仙"张仙",形象为张弓挟弹的贵游公子。宋代苏洵在《题张仙画像》曾说,他在没有子嗣时,每天都要对着张仙的画像祈祷,数年间,先得子苏轼,后得子苏辙。赵翼《陔余丛考》又引苏洵《张仙赞》谓"张名远霄,眉山人,五代时游青城山成道。"南宋诗人陆游在《答宇文使君问张仙事》诗注中云:"张四郎常挟弹,视人家有灾者,辄以铁丸击散之。"又在《剑南诗稿》中云:"登邛州谯门,门三重,其西偏有神仙张四郎画像,张盖隐白鹤山中。"由此可见，送子张仙又称"张四郎"。

张仙又叫张仙爷，旧时民间信仰很广，相传祈求张仙爷能得贵子。同时，张仙爷还是小儿的保护神。老百姓一般把张仙的画像供在屋中的烟囱左边，据说家里烟囱冲着天，会有天狗顺烟囱钻进屋里吓唬小孩，传染天花，祸害儿女。只要张仙守住烟囱，天狗就不敢钻到屋里来了。因此，张仙的画像一般是左手张弓，右手执弹，右上角还画上天狗。其实，在我国古代生男儿有悬弧矢之俗，授以弓矢，以示生儿之意。"弹子"代表诞生贵子。民间传说张仙用弓弹射天狗，为的是不让天狗吃小儿，当是百姓的愿望而已。

关于张仙的来历，历史上有两种说法。一种就是苏洵所云的眉州人张远霄。据《续通考》记载：眉州人张远霄见到一老人持一把竹弓和三枚铁弹，要换三百钱。张毫不犹豫地便买了下来。老人对他说："我这铁弹是宝物，能辟邪驱瘟，你要珍惜使用。"后来，老人又来向张远霄传授道法。张远霄观察老人的眼睛，发现两眼都是双瞳仁。又过了几十年，张远霄去白鹤山，看到一座石雕像，眼睛也是双瞳仁，人称"四目老翁"。张远霄这时恍然大悟，原来当初授予他弓弹和道法的那个老人是个神仙。于是，他在白鹤山潜心修道，终于成了神仙。另一种说法来自明代陆深的《金台纪闻》，他认为民间所传的张仙像，其实是后蜀后主孟昶挟弹图。后蜀亡，孟昶的妃子花蕊夫人被送进了宋宫。她因想念孟昶，将孟昶的画像悬于壁。被宋太祖看到后，他欺骗宋太祖说："这是我们蜀地神仙张仙，祀之令人有子。"世人不明真相，认为信仰张仙能保子，便纷纷祭祀张仙，遂成习俗。另外，在当代山西、河北一带的八仙队戏中，八仙组合中也有张四郎。其中描绘张四郎"沽油为生，铁笛响神仙聚会"，张四郎念词为"不在功夫不在忙，一心跳出是非场，散淡逍遥龙泉县，卖油勿使炼药黄，渔鼓响，戏秋凉，蓬

张仙送子图

莱三岛是家乡。笛吹美令如鸾叫,久住蓬莱张四郎。"这个蓬莱张四郎不知是何来历。

在元代的戏曲中,偶尔进入八仙系统的神仙除了张四郎之外,还有贺兰仙。他出现在邓学可《正宫·端正好》套数《乐道》中。赵景深曾推测贺兰仙就是唐代的贺自真。《历代神仙史》卷三《唐仙列传》录有陈陶给他的诗,其中有"金桃再熟贺郎仙"句,"贺郎仙"或为"贺兰仙"。另外,明代罗登懋的《三宝太监西洋记》中的八仙有"风僧寿"与"元壶子",不知何许人也,或为作者杜撰。

二 八仙故事的渊源及演变

八仙故事是中国神仙文化的重要组成部分。长期以来，八仙传说在人民群众中广为流传、脍炙人口，与他们相关的各种民间故事数以百计，这其中最著名的当数"八仙过海""八仙庆寿""黄粱梦""三戏白牡丹""度老树精""飞剑斩黄龙"等。这些故事经过历代民间艺人用不同的体裁进行演绎和创作，又衍生出无数版本，情节更是变化无穷。在漫长的发展和演变以后，这些八仙故事早已跨越民间文学的界限，成为我国小说、戏剧、绘画、雕塑等文艺创作题材，因而家喻户晓，深入百姓心中。

1 八仙过海

在众多八仙传奇故事中,八仙过海无疑是影响最大的一个故事了,这个八仙渡海与龙宫水族斗法的故事在我国几乎是家喻户晓、妇孺皆知。在日常生活中,人们常说的一句口头禅"八仙过海,各显神通",用来比喻在遇到困难时,各人有各人的办法。由此可见,八仙过海故事对民间社会的深刻影响。

八仙过海故事的形成与金元全真道的兴起有着密切关系。全真道虽然发源于陕西,但是发展壮大却是在山东。山东地区临近大海,时常会出现海市蜃楼般的仙境,自古便流传有海上蓬莱仙岛的传说。全真道在山东传播钟吕八仙故事之时,自然而然地与大海产生了联系。全真七子之一的马钰曾经用诗来形容海市蜃楼:"四皓嬉游纵狂舞,八仙宴饮倒提钟。"与全真道相关的神仙道化剧《吕洞宾度铁拐李岳》中也出现了"八仙过海"的信息,剧中第四折云:"汉钟离有正一心,吕洞宾有贯世才,张四郎、曹国舅神通大,蓝采和拍板云端里响,韩湘子仙花腊月里开,张果老驴儿快,我访七真游仙岛,随八仙赴蓬莱。"另外,现存的一些元代文物中亦发现有"八仙过海"的图像,这其中最

蓬莱阁八仙过海雕塑（局部）

著名的就是全真祖庭永乐宫的元代壁画。在永乐宫纯阳殿的元代壁画中保存了一副完整的《八仙过海图》。此图绘于纯阳殿后门的门楣上。图中，钟离权脚踏柳枝，袒胸露腹，右手下垂，左手叉腰，回头观望；吕洞宾踏着他的七星宝剑，右臂稍抬，手成半握状；铁拐李口吐仙气，踏着他的拐杖，两臂张开，悠悠飘来；曹国舅弓着腰一手敲渔鼓，一手打简板，踏在大龟身上徐徐前行；张果老把他的驴子折叠起来，踏在一条大鲤鱼身上飘飘然；徐仙翁踏着大鼓紧随其后，蓝采和脚踏两朵花，韩湘子踩着笛子，背着宝葫芦，同去瑶池为金母祝寿。整体画面云气沸腾，波浪翻滚，人物形象生动，是我国现存最早、最完整的八仙图之一。在这组八仙图像之中，没有大家常见的何仙姑，而是多了徐仙翁，此属于钟吕八仙的早期组合之一。

八仙过海的故事虽然在元代已经出现，但是由于时间久远，元代的八仙过海故事原本已经失传，故事情节无从考证。现存最早的八仙过海故事版本,是明初无名氏杂剧《争玉板八仙过海》,这里面的八仙组合和永乐宫壁画中的相同,以徐神翁代替了何仙姑。这部杂剧的故事情节是这样的:蓬莱的白云仙长宴请八仙到阆苑赏牡丹花,宴罢,八仙欲回归西池仙境。在东海岸边,八位神仙,乘着酒兴,各显神通过海,不许腾云驾雾。他们拿出各自的法器作为渡海的工具。但是,在蓝采和脚踏玉板渡海之时,却被东海龙王之子摩羯、龙毒抢了玉板,擒住了蓝采和。吕洞宾前往营救,斩了摩羯,伤了龙毒。于是,四海龙王与八仙大战,终不能胜,便又请了天地水三官参战。八仙则向太上老君求救,太上老君令五大圣赴会为八仙助阵,结果又将龙王与三官打败。双方的大战,损伤了无数生命。释迦牟尼怜悯众生,从中调停,劝两家罢兵。最后,龙王交出六扇玉板,除下两扇以偿摩羯之命,两家就此言和。此剧排场极为热闹,曲文颇多俊语,宾白一律顺适,堪称神仙道化剧中的佳作。更重要的是此剧保存了"八仙过海"这一著名的传说,这也是其最重要的价值。

明代流传的八仙过海故事除了《争玉板八仙过海》之外,还有吴元泰的小说《八仙出处东游记》。《东游记》中集合了众多民间流传的八仙故事,是八仙传说的定型之作。小说共有五十六回,前面写八仙得道过程,后十回写八仙过海。其所写的八仙过海故事大致与《争玉板》相同,但在具体细节上出现了很多变化,如:徐神翁换成了何仙姑;赴蓬莱赏牡丹后渡海改成了参加完王母娘娘蟠桃会后乘兴游东海;龙王请天地水三官助阵改为了龙王奏请天庭由天兵天将帮龙王大战八仙;调解人由释迦牟尼改成了观世音;等等。

明代的八仙过海故事主要描写了八仙与海洋统治者龙王之间的斗争,具有浓重的海洋情结。诸如此类的海洋题材的小说、戏剧,明代还有很多,如《三宝太监西洋记》《贺万岁五龙朝圣》《天妃济世出身传》

八仙过海白瓷
德化白瓷八仙过海

等。海洋文学在这一时期集中出现，与明代航海事业的发展有很大关系。明代，东南沿海商品经济发展，对外贸易增强，使中华民族走上了征服海洋的历程。航海业迅速发展，海上交通日益繁荣，人们对海洋的了解也进一步加深。这使得与海洋相关的小说和戏剧日渐繁荣起来，出现了专门描写海外异域、航海经历、海上神仙的海洋文学。八仙过海故事无疑是海洋文学发挥的绝佳题材。

清代以来，八仙过海故事大量存在于戏曲、鼓词、皮影、小说等文艺形式乃至民俗之中。这些故事已经远离了元明时期的时代背景，故事情节也千变万化，存在很大的差异。如京剧《蟠桃会》中，八仙渡海赴蟠桃宴，途中韩湘子却被海中鱼精摄去。最后，八仙与天兵合力救出湘子。情节颇为匪夷所思。山东皮影戏《八仙过海》中还设置了龙女情节，龙女武艺高强又美貌多情。她钟情于韩湘子，并向其求亲，湘子不为所动。仙魔题材之中又加入情爱因素，更加符合了民间百姓的审美需求。

八仙过海的传说是中国古代最动人的传说之一，得到了广大民众的深切喜爱而广泛流传。明清以来，民间关于八仙的画像多以"过海"的形象为主。日常生活中，八仙过海图频频见于陶瓷、年画、印花门帘等。甚至在我国的东南沿海，渔民们还有着"七男一女不同船"的禁忌，据说便是因为八仙曾经闹过海，怕龙王误认为乘船的人为八仙而报复。

小知识◎八仙与武术

八仙传说与我国传统武术有着密切的联系。在八仙故事中，八仙与龙宫水族斗法，各种兵器打斗场面出现，可以说八位仙人个个身怀绝技。另外，在民间传闻中，八仙多喜欢喝酒。因此，明清时期，武术界开始出现附会八仙的武术套路，而且多与醉酒有关。如武当八仙拳，又称"醉八仙。"是模仿传说中的八仙，如汉钟离解衣，朦朦胧胧；吕洞宾饮酒，似醉非醉；铁拐离独步下云梯，如灵猿出洞等等，表现醉形、醉态。因其拳行招、走势如醉汉，故名"醉拳"。其醉打技法取之于柔化巧打拳种，成形于明清。实际上形醉意不醉，拳醉心不醉，有其独特的手眼身法步；八仙棍也是武当派武学秘籍之一，相传是根据八仙的特点所创。八仙棍的特点是能扫、点、劈，刚柔相济，颇有醉意，似醉非醉，灵活多便，常出人意料，攻人不备；八仙醉行剑，共有八大套演练方式，每套包含一位仙人的形态，武当"太和门"合称它们为"八大架"。其意境构思于八位仙人的动作姿态，用右手持剑、左手拿不同器械进行喝酒成醉后的形象演练，强调以静待动、以软牵硬、以慢化快、以柔克刚、以刚制敌、以奇歼敌，处处体现着道教的精神。除此之外，还有少林八仙剑、峨眉八仙剑、青城八仙剑、螳螂八仙剑等八仙武术也广为传播。

2 八仙庆寿

仙庆寿是明清以来八仙故事中最流行的主题之一，主要讲的是钟吕八仙赴瑶池蟠桃会为王母祝寿的故事，前文咱们所提到的《东游记》中八仙过海实际上是八仙向王母贺寿完后途经东海所发生的故事，亦可算作是"八仙庆寿"故事系统。

在我国古代，寿庆是人们为了健康长寿而形成的重要人生礼俗。自从戏曲出现以后，戏剧演出便成了寿庆的一项重要活动。八仙故事大约是在宋金时期被搬上戏曲舞台的，一经出现即与庆寿活动产生了密切的联系。现藏于辽宁省博物馆的南宋缂丝精品《八仙寿图》是目前已知最早的八仙贺寿图。画面上端是象征长寿化身的老寿星，他乘坐仙鹤在空中飞翔。画面的主体部分是八位仙人仰头拱手向老人拱拜的情景，画面极为生动逼真。元代陶宗仪《辍耕录》中著录有《瑶池会》《蟠桃会》《王母祝寿》等剧也应该与八仙庆寿有关。但此时的八仙庆寿戏仅有少量的几种，占主流的还是八仙度脱剧。

度脱剧在元代的流行与当时的社会大环境有很大关系。元代社会

八仙贺寿图
（民国时期日本野琦诚近《吉祥图案解题》收录）

动荡、政治黑暗，统治者实行严酷的民族歧视政策。在这种情况下，极容易产生愤世隐遁的思想。而此时，全真教得到统治者承认，迅速发展。其宣扬性命双修，劝诱世人遁世断欲，摆脱现世苦难，很快被民众所接受。因此，元代的八仙戏剧最主要的还是宣扬全真思想的度脱剧。不过，在这些度脱剧中也会经常出现八仙祝寿的情节。如范子安的《陈季卿误上竹叶舟》中，东华帝君云："奉上帝敕旨，陈季卿既有神仙之分，做吕纯阳弟子，可着群仙引领西去，共赴蟠桃宴者。"词云："西望瑶池集众真，东来紫气彻天门。从今王母琼筵上，共献蟠桃增一人。"贾仲明的《铁拐李度金童玉女》中，八仙度金童玉女后，在真仙聚会瑶池上，八仙歌舞共唱："玉殿金阶列众仙，蟠桃高捧献华筵。仙酒仙花映仙果，长生不老亿千年。"还有谷子敬的《吕洞宾三度城南柳》中，吕洞宾对树精云："如今跟俺群仙赴王母蟠桃会去。"见到王母后，吕洞宾对王母说："今日吕岩度的老柳小桃，特来娘娘前祝寿。"这些戏曲在最后都出现了八仙祝寿的场景。可见，元代的一些度脱剧还有祝寿的功用。

度脱剧因为有度脱的情节，难免会经常出现哭哭啼啼的场景。同时，度脱剧中还有很多梦幻的场面，这些场景出现在寿宴中极易给人一种不吉利的感觉。因此，度脱剧逐渐分化成两种形式：一种宗教性加强，说教成分增多，成为纯粹的度脱剧。另外一种则结合民俗与歌舞，增加庆寿献瑞的环节，成为专门为祝寿所用的庆寿戏。这种庆寿戏的流行大约是在明代，带有明显的贵族化和民俗化的特点。明代在政治上实行高度中央集权，思想控制较严，因此对戏曲题材的限制也比较多。但这种场面热闹却没有什么思想内涵的庆寿戏显然不在被禁之列，因此得到快速发展。这一时期，创作和使用庆寿戏的多为皇家贵族与官宦士绅。其中最著名的就是宁献王朱权与周宪王朱有燉。他们先后担任剧坛霸主。朱权所撰《太和正音谱》是一部对元曲杂剧带总结性的理论著作。朱有燉创作杂剧三十一种，总称《诚斋乐府》，风靡一时。其中多为修仙庆寿、歌颂升平之作。除此之外，明代教坊也编演了大量八仙庆寿戏，用于皇家各种节日庆祝，如《众群仙庆赏蟠桃会》《祝圣寿金母献蟠桃》《贺升平群仙祝寿》《众天仙庆贺长生会》等，都是为统治者歌功颂德、宣扬太平盛世的奉诏之作。

关于八仙庆寿戏的情节，元代的几种剧本均已亡佚，内容不得而知，但是应该与王母瑶池庆寿有关系。目前现存最早的八仙庆寿戏剧本是在明代。明代宫廷皇室的庆寿戏基本上也是以王母瑶池庆寿为背景，然后说凡间皇帝、皇后、藩王等以贤德感动上天，值其诞辰之际，上界派八仙或者群仙降临人间为其祝寿献瑞之类。在民间，人们则根据不同需要将庆寿戏改编成为某人祝寿。如明末清初的名士傅山所著的《八仙庆寿》就是为其母祝寿而作，为一折之短剧，情节极为简单，写八仙为王母祝寿,借以为自己母亲祝寿。

同时,在明代的八仙庆寿戏的剧本中,一般都会将八仙的生平来历穿插一一表现出来。如《降丹墀三圣庆长生》介绍钟离权与吕洞宾时,云:"发短髯长本自然,半为罗汉半为仙。胸中自有吾夫子,到底三家总一天。"《瑶池会八仙庆寿》中用了整整三折来介绍八仙的履历,将八仙的成仙历程与祝寿仪式完美结合在一起,使人们对八仙组合有了一个全面而详尽的了解。

另外,在明代的八仙庆寿戏中还大量出现宣扬丹道思想与修炼方法的唱词。道教的内丹术自隋唐创立之后,经历宋、元时期几百年的完善与发展,到了明代早已走出道门,在世俗社会中广为传播,无论皇帝藩王,还是士绅百姓都热衷于内丹修炼,前文提到的剧坛霸主朱权、朱有燉均是丹道修炼的行家。因此,在庆寿戏中表现内丹修炼思想成为当时的一种风尚。如《吕洞宾花月神仙会》是朱有燉为自己祝寿而写的,其中一段唱词便为"玄关一窍,先天与交,金木两相邀。阴汞能飞走,阳铅会伏调。收拾住顽猿劣马,不放半分毫。将心如止水,情同九霄。坚牢温养,温养坚牢,温养坚牢,看取宝珠光耀。"这段唱词将丹道的原理、药物、火候做了全方位的阐释,体现了朱有燉对内丹术的兴趣与造诣。

明代的八仙庆寿戏情节简单,排场热闹,具有鲜明的献瑞呈祥特点。就其本质来看,其应用价值远远大于艺术价值。

到了清代,八仙庆寿戏数量变得更加庞大,并且已经渗透到了社会的各个层面,道情、宝卷、鼓词等说唱文学体裁中也均出现大量关于八仙庆寿的作品。这一时期的八仙庆寿故事,其宗教内涵已经完全被世俗欲求和民俗所取代,其演出形态也基本上演变成了一种祝寿仪式。清代的八仙庆寿戏是宫廷承应戏的重要内容。但凡宫中皇帝、皇

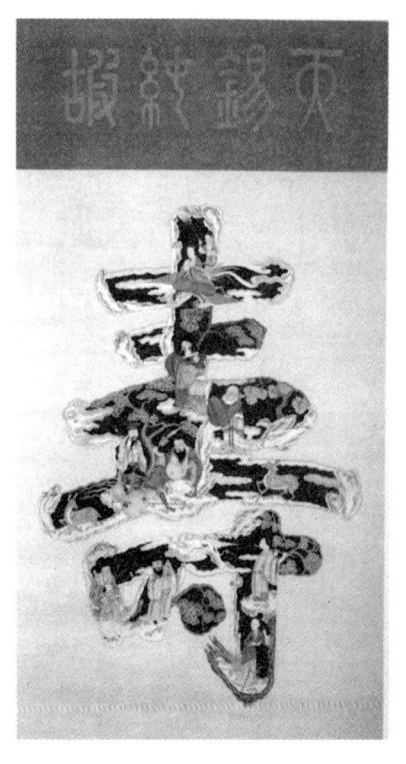

[清]缂丝八仙寿字图

后、皇子、公主的庆寿演出,都会有八仙出现。与此同时,八仙庆寿戏在民间的剧本更是繁多,而且人物随意改动,情节千差万别。比如钱塘县国子生吴城所著的《群仙祝寿》,是为乾隆皇帝南巡"承应"而作。为了体现地方特色,吴城放弃了钟吕八仙组合,而是选用浙江籍的十六位神仙构成"男八仙"与"女八仙",由西王母率领向皇帝祝寿。江西士绅蒋士铨为皇太后生日所献的庆寿戏,其中写何仙姑准备约七位仙友去庆寿,但他们都被魁星提去做月课,只好和七仙的老婆一起去祝寿。她们在祝寿时,以妻子的视角,或嘲笑自己的丈夫,或嘲笑对方的丈夫,情节颇为荒诞有趣。

明清以来,除戏曲舞台之外,八仙庆寿故事还作为一种民俗现象走进了千家万户,对民间庙会、舞蹈武术、祝寿习俗以及民俗艺术等方面均产生了较大的影响。庙会社火中频频出现的八仙庆寿形象,以八仙的名称来命名武术或舞蹈动作,民间寿宴中的八仙祝寿歌,瓷器、漆器、刺绣、年画等工艺品上出现的八仙庆寿图案,这些都说明了八仙庆寿故事在民间社会的广泛影响力。

3　黄粱梦

黄粱梦是我国古代著名典故之一，讲述了一个叫卢生的人在梦中享尽富贵荣华，等到醒来，却发现主人蒸的黄粱还未熟。这个故事后来被人用来比喻一些美好而不切合实际的幻想，或者教育人们富贵荣华如烟如梦，转眼成空。

黄粱梦故事在产生之初与钟吕八仙并没有什么直接关系。它的最早故事原型渊源于南朝刘义庆的《幽明录》。其中一则故事讲道：

> 宋世，焦湖庙有一柏枕，或云玉枕，枕有小坼。时单父县人杨林为贾客，至庙祈求，庙巫谓曰："君欲好婚否？"林曰："幸甚。"巫即遣林近枕边。因入坼中，遂见朱楼琼室。有赵太尉在其中，即嫁女与林。生六子，皆为秘书郎。历数十年，并无思归之志。忽如梦觉，犹在枕傍。林怆然久之。

这个故事讲的是南朝宋人杨林由枕入梦，享受富贵荣华，一朝梦醒，怅然若失。故事虽然很短，但奠定了以后黄粱梦故事的基本框架。

邯郸黄粱梦卢生祠

到了唐代，传奇故事日益繁荣。中唐沈既济所著传奇故事《枕中记》成为了黄粱梦故事的定型之作。《太平广记》收录此文，题名为"吕翁"。这篇故事从情节篇幅到文学艺术都较之《幽明录》有了很大进展。故事讲的是在唐开元十九年，有道人名吕翁，在邯郸邸舍中遇少年卢生。卢生感叹生世不谐，道人见其体胖无恙，便问："此而不适，而何为适？"卢生曰："当建功树名，出将入相，列鼎而食，选声而听，使族益茂而家用肥，然后可以言其适。"言毕，准备睡觉。道人则取出一枕授之曰："子枕此，当令子荣适如志。"这时，邸舍主人开始蒸黄粱为馔，卢生则进入了睡梦中。他梦到自己娶了一位美丽的富家女，又考中了进士。先在陕西开河八十里，邦人立碑颂德，入京为京兆尹。

后任御史中丞、河西陇右节度使,大破戎虏,开地九百里,筑三大城以防要害,归朝策勋,恩礼极崇。在朝中,卢生与萧令嵩、裴侍中光庭同掌大政,却被奸人诬陷与边将交结,图谋不轨,险获死罪。数年后,帝知其冤,复起为中书令,封赵国公,恩旨殊渥,备极一时。在梦中,卢生共有五子,皆为朝廷重臣,姻媾亦为天下望族。三十余年间,崇盛赫弈,一时无比。末节颇奢荡,好逸乐,后庭声色皆第一,年逾八十而卒。卒后卢生方醒,发现自己仍在邸舍,吕翁在旁,而主人蒸的黄粱尚未熟。《枕中记》对卢生入梦后的宦海沉浮叙述得极为详细,向人们揭示了富贵荣华如过眼烟云的人生哲理,体现出作者对官场仕途的观察以及对佛道思想的感悟。此文以"主人蒸黄粱为馔"为引,写出卢生梦幻一生还不及蒸熟黄粱的时间,后世据此称其为"黄粱梦"。

  黄粱梦的故事在唐宋民间社会流传极广。北宋时期,吕洞宾信仰兴起,民间关于吕洞宾的故事层出不穷,后世的一些好道者便将《枕中记》中的道人吕翁附会成吕洞宾,从而衍生出了吕洞宾度卢生的故事。明初无名氏杂剧《吕翁三化邯郸店》便是描写吕洞宾三度卢生的故事。第一次吕洞宾化为道人,第二次化为酒肆老板,第三次化为渔翁,进入卢生梦中。卢生一梦五十年,登甲科,出将入相,文治武功。后领兵镇北,身为藩镇重臣,却坐视草寇扰害百姓不管,皇帝震怒,令押缚回京斩首。头落地时惊醒,遂大彻大悟,随吕洞宾出家成仙。还有明代汤显祖的《邯郸梦记》,为著名的"临川四梦"之一。其剧情与《枕中记》大致相同,但情节更为具体,人物性格也塑造得更为生动。此剧开篇讲道,东华帝君敕命修蓬莱山门,门外有蟠桃一棵,三百年开花一次,风吹落花片塞碍山门。吕洞宾度何仙姑在天门扫花,后奉东华帝君之旨,将仙姑证入仙班。因此吕洞宾需再度一人,供扫花之役。他看到卢生有半仙之分,便在邯郸道中引其入梦,想要度化他。卢生在梦中入赘富豪之族崔氏，凭借钱财，贿赂满朝勋贵，在落卷中翻出做个第一，得中状元。其文治武功，建功立业，出将入相，却被奸相宇文融诬陷"通番卖国"，即刻处斩。因崔氏向皇帝鸣冤，得以刀下留人。卢生冤案昭雪后，二十年当朝宰相，进封赵国公。皇帝恩宠有加，府第田园、名马女乐之赐，穷奢极欲。年过八十，死于"采战之术"。《邯郸梦记》将明代社会生活生动的渗透到了戏剧之中，艺术价值极高。其描写的卢生经历正是明代官僚阶层腐朽生活的真实写照。

黄粱梦的传说故事除了"吕洞宾度卢生"之外，还有另外一种故事架构，就是将卢生隐去，被度者变成吕洞宾，而度人者是钟离权。这一传说的形成与金元时期兴盛的全真道有很大的关系。全真道以钟离权、吕洞宾为祖师，为了更好地在民间宣传祖师成道仙迹，全真教徒套用《枕中记》的框架，将吕翁换作钟离权，卢生换作吕洞宾，由此衍生出了吕洞宾黄粱梦觉的传说。全真教创始人王重阳在《满庭芳》中自述全真教家谱时称："吕祖悟黄粱，登仙宏誓愿，行缘甘水，复度重阳。"将"悟黄粱"的主角附会为吕洞宾。全真七子之一的马钰亦撰词写道："吕公大悟黄粱梦，舍弃华轩。返本还源，出自钟离作大仙。"元代著名剧作家马致远与李时中等人合作的杂剧《开坛阐教黄粱梦》更是把这一传说推向民间大众。在剧中，钟离权奉东华帝君命前去度化吕洞宾，在邯郸道黄化店内遇到吕洞宾，当时店婆正在烧黄粱饭。钟离权劝吕洞宾修仙，吕洞宾醉心功名，坚决不肯，既而倦眠。吕洞宾在梦中作了兵马大元帅，奉命征讨吴元济。岳父高太尉为他饯行，吕洞宾因饮酒过多而呕血，于是戒了酒。后吕洞宾在战争中受敌贿赂，卖阵归来，发现妻子与人私通，怒而欲杀妻，被老院公劝止。此时受贿事发，吕洞宾被发配沙门岛，于是休了妻，戒了财和色。吕洞宾携子女在途中遇到强盗，两个孩子被摔死，自己也被杀死。吕洞宾梦醒，从此戒了气。而此时黄粱饭尚未煮熟,钟离权向其阐明人生如梦,吕洞宾因此悟道成仙。

《开坛阐教黄粱梦》除地点与故事架构与《枕中记》相同之外,故事情节与思想内涵都较之《枕中记》有了很大的改动。全真教断绝酒色财气、弃家修行的禁欲思想贯穿全剧,成为故事的发展主线。但是,此时《枕中记》在社会中流传也很广泛,为了使两个黄粱梦有所区别,元代道士苗善时所撰《纯阳帝君神化妙通记》"黄粱梦觉第二化"中将

西安八仙宫长安酒肆碑

二 八仙故事的渊源及演变 | 85

吕洞宾黄粱梦觉的地点写成了长安旅馆。元代全真道纪念吕洞宾所修建的山西永乐宫，其壁画《纯阳帝君神游显化之图》便是依据《妙通记》所绘，其中亦有"黄粱梦觉"一图。还有元代道士赵道一所撰《历世真仙体道通鉴》中介绍吕洞宾也称其在长安道中遇钟离权，黄粱一梦而悟。由此可见，长安这一地点是全真教徒用来区别吕祖黄粱梦和卢生黄粱梦的重要特征。今天，在陕西省西安市长乐坊有八仙宫，相传就是钟离权在长安度化吕洞宾黄粱梦觉之地。它初建于宋代，元明清三代重修，庙前竖有题名为"长安酒肆"的石碑，旁刻"吕纯阳先生遇钟离权先生成道处"。八仙宫供奉东华帝君和八仙神像，殿中有钟离权度化吕洞宾的黄粱梦觉画面，庙中对联亦有"暮鼓晨钟警醒尘凡黄粱梦"句；此外，在今河北省邯郸县南距市十公里有黄粱梦村，据说是卢生黄粱梦觉的地方。在村东南建有吕仙祠一座，最早建于宋代，明清时曾重修和扩建。现在的吕仙祠前为钟离殿，钟离楼分立两侧，中为吕祖殿。后殿称卢生殿，内有卢生石雕卧像。邯郸吕仙祠将钟离权、吕洞宾与卢生一起供奉，似将两个传说融为一体，颇有意味。

小知识◎钟离权十试吕洞宾

钟离权十试吕洞宾是吕洞宾得道成仙故事中最著名的篇章之一。它讲的是，钟离权以黄粱梦度化吕洞宾，吕洞宾感悟慨叹之余，拜其为师。钟离权分十次试验其修道真心。分别为：一、洞宾自外远归，忽见家人皆病死。洞宾心无悼怛，但备葬具，既而死者皆起无恙；二、洞宾鬻货于市，义定其直，市者翻然止酬其直之半，洞宾无所争；三、洞宾出门，忽丐者求施，洞宾与以钱物，而丐者索不已，且出恶言慢骂，抽刃相向。洞宾再三礼谢，披襟受刃，丐者笑而去；四、洞宾牧羊山中，遇一虎追逐渐逼。洞宾独以身当之，虎即释去；五、洞宾独居山中读书，忽见一女，年可十七八，容华绝世，自言归母家而迷路，借此少憩。既而窈窕万态，调戏百端，迫夜逼同寝，洞宾竟不为动。如是三日，始辞去；六、洞宾归家，则家资为劫盗席卷。洞宾无愠色，躬耕自给，忽于锄下见金数十饼，速扞之，一无所取；七、洞宾见有货铜器者，市之以归，则皆金也，即访卖主还之；八、有道士坊上市药，自言服者立死。洞宾谓此必有意，因买药归，而服之无恙；九、洞宾因春潦泛溢，众方病涉，独棹一小舟至中流，风涛掀舞，而洞宾端坐不动，任生任死，竟亦无虞；十、洞宾独坐一室，忽见鬼神无数，有见击者，有欲杀者，洞宾一切不问。复有夜叉数十械一死囚，血肉淋沥，哭泣号叫，言汝宿世杀我，今急偿我命。洞宾曰：杀命偿命宜也，其又奚辞。遽索刀绳欲自尽，忽闻空中叱声，鬼神皆不复见，乃是钟离权大笑而下，度其成仙。这个故事宣扬了全真道的道德伦理规范，影响很大。这个故事可以说是"吕洞宾黄粱梦"的后续故事，最早来自于明代道士所编汇的《吕祖志》。明代著名八仙小说《飞剑记》沿袭了这一情节，只不过将十次简化为了七次。后来，对八仙故事起到定型作用的小说《东游记》则完全照搬了《吕祖志》中的故事。由此，"钟离权十试吕洞宾"故事传遍各地，妇孺皆知。

4　三戏白牡丹

在八仙的故事传说中，吕洞宾三戏白牡丹是最为另类的一个。这个传说因把全真祖师吕洞宾塑造成一个纵情酒色的"花神仙"而历来备受争议。一方面，全真教徒为了维护祖师的形象，极力否定吕洞宾有"戏白牡丹"之事，另一方面，吕洞宾"戏白牡丹"的形象，脱离了道教神仙的清心寡欲，更多地带有民间青年男女的性格特点，迎合了大众的娱乐性，反而深受民间社会的喜爱。

在宋元时期，"白牡丹"常常作为一种艺妓的艺名出现在文人笔记与曲词之中。元代吴昌龄的杂剧《花间四友东坡梦》中便讲述了妓女白牡丹的故事，其云：白牡丹是北宋浔阳城的妓女，唐代诗人白居易的后裔，小字牡丹，为人聪慧异常。苏东坡被贬黄州时，游浔阳时遇见她。当时苏东坡好友谢端卿在庐山东林寺为僧，苏东坡让白牡丹引诱其还俗为官，不料谢端卿不但不为白牡丹所诱惑，反而将白牡丹点化出家了。

与此同时，仙人吕洞宾的形象在民间深受欢迎，他作为度世神仙，常游走于社会底层，因此也出现了很多吕洞宾度娼妓的故事。南宋《夷

明张路绘吕洞宾像

坚志》中记载有安丰县娟女曹三香得吕洞宾治愈恶疾、弃家寻师的故事。元代道士苗善时所撰《纯阳帝君神化妙通记》依据"唐宋传说"辑录吕洞宾故事,其中度脱妓女的故事就有五则之多。正是在这种背景之下,大约在宋末元初,吕洞宾度脱白牡丹的故事开始在社会中流传。

关于度脱白牡丹的故事,已知最早有金院本《白牡丹》,见于元陶宗仪《南村辍耕录》"院本名录",已经佚失;以"吕洞宾戏白牡丹"故事为名的,有元末明初杂剧《吕洞宾戏白牡丹》与《吕洞宾戏白牡丹飞剑斩黄龙》,也仅存剧名;另外,还有明剧《长生记》与《万仙录》,剧本虽然佚失,然《曲海总目提要》称前者有"狎戏白牡丹"情节,称后者有"吕洞宾遇白尚言之女,复度此女成仙"之故事;目前所现存的剧本中最早提及吕洞宾和白牡丹的,是明初贾仲明的《吕洞宾桃柳升仙梦》,在剧中吕洞宾自称:"好饮杯中物,离却蓬莱路。三醉岳阳楼,点石为金玉。朝向酒家眠,夜宿牡丹处。"但具体"夜宿牡丹处"是什么情节,却不得而知。

元明时期关于吕洞宾戏白牡丹的戏曲剧本,目前都已经佚失。今天我们所知道的吕洞宾戏白牡丹的故事情节,大都来自于明清时期的八仙小说。现存较早描写吕洞宾戏白牡丹故事的小说,为明末吴元泰的《八仙出处东游记》和邓志谟的《吕仙飞剑记》。《东游记》是明清以来影响最大的八仙小说。其中有两回("吕洞宾调戏白牡丹"与"仙侣戏弄洞宾")写的是吕洞宾与白牡丹的故事。其云白牡丹乃洛阳第一名妓,与吕洞宾所化风流秀才一见如故,吕洞宾"连宿数晚,云雨多端,并不走泄",白牡丹大奇。后来,铁拐李等诸仙暗中教给白牡丹绝招,终使其"一泄其精"。而《飞剑记》第五回亦写此事,不过这个白牡丹是金陵的一位大家闺秀,受到了吕洞宾的勾引。吕洞宾对其采阴补阳的事被黄龙禅师察觉,黄龙禅师传授白牡丹绝招破了吕洞宾元阳。吕洞宾被泄真阳后怒不可遏,飞剑斩黄龙禅师,但却被禅师夺去了宝剑,后去高邮养阳九年,方功成行满。

明末小说关于吕洞宾戏白牡丹的故事,大都带有房中采战的艳情情节,因此吕洞宾也被称为色仙。

但是,在道教典籍中,吕洞宾却是一位正派的清修神仙。《纯阳真人浑成集》的劝世歌中劝人戒酒、戒色、戒财、戒气。而且在元代的很多八仙度脱剧中,吕洞宾也主要度人戒酒、色、财、气,远离红尘,弃家修道。

吕洞宾的形象为什么在明代出现了如此大的转变?这应该与明代中后期社会思想的大变革有很大关系。小说所描写的吕洞宾双修采战功法在明代后期的士绅阶层中颇为流行。这些功法源于古代房中术,由于违背儒家伦理道德,一直在社会中隐蔽传播,难登大雅之堂。明代中期以后,程朱理学那种极端化的"天理"禁锢被打破,肯定个人私欲和追求个性自由的思潮一发而不可收拾,在士大夫中形成了一种"狂禅"习气,他们逾越礼教的规范,率性而为,在两性关系上崇尚不严肃的纵欲观念。加之当时皇室对房中术的偏好,朝野竟相谈论双修采战之术,毫无避讳。此类功法讲求"御多女",这些既能享乐、又可长生的传闻对于生活糜烂的士大夫颇有吸引力。嘉靖朝时流传有一本《房术玄机中萃纂要》,假托为陈抟所作。讲人元丹法,闭精不泄、炼精化气,接命延年。此书"缙绅取录者不胜,有以服其药,登堂而称其玄妙者,有登余门告其深验者"。明顾起元《客座赘语》亦载有彭仙翁者,常携数妾而行,月必接,接而女即病,士人师之者众多。因此,《东游记》与《飞剑记》所描写的吕洞宾与白牡丹的艳情故事正是当时官绅阶层腐朽生活的真实写照。

三戏白牡丹笔筒

吕洞宾三戏白牡丹的香艳故事，虽然深受那些迷恋双修采战术的文人士大夫的喜爱，但是对于全真道教徒来说却是赤裸裸的侮辱。他们为了维护吕洞宾祖师的形象，极力否定吕洞宾有"戏白牡丹"之事。明代李日华《紫桃轩杂缀》中认为戏白牡丹的是宋方士颜洞宾，而非吕祖。清代道教徒汪象旭在编写《吕祖全书》时，力辩没有戏白牡丹之事，而且还说只要是关于房中术的吕祖书籍都是假的。清代道教徒无垢道人所著小说《八仙全传》中也说吕祖并无三戏白牡丹之事，不过他另辟蹊径，将"三戏"改成了"三试"，使得故事又变成了度脱剧，其云：吕祖与白牡丹有前世孽情，为还债而度脱之，并进行"三试"。一试其良心，二试其胆量，皆通过。三试其有无修道之心，吕祖给白牡丹一枕，让她于梦中历尽人生艰危困苦富贵繁华之境，白牡丹醒后修道之心愈坚，五百年后终修成真仙。更加有意思的是，作者在剧中说明对吕洞宾造成不良影响的"三戏白牡丹"乃是蓝采和与韩湘子为戏谑吕洞宾而编造出来的，本是一时游戏之作，不料后人竟信以为真，并形之于诗歌，扮为杂剧，弄得妇孺皆知。作者还希望"庶几从今以后，不致再有那种诬圣不敬的传述了"。到了清末民初，又有长篇小说《三戏白牡丹》出现，发展了《八仙全传》中的还前世孽债说，以佛教的三世因缘为情节框架，描写了吕洞宾、白牡丹和黄龙等人物的前世、今生和来世的爱情故事。

5 飞剑斩黄龙

吕洞宾飞剑斩黄龙故事，因涉及佛、道两教，历来争议不断。在众多八仙故事中，它的形成最为独特。他最初的故事原型来自于佛教系统，并在佛道争衡的过程中逐渐形成了一个复杂的故事系统。

两宋时期，吕洞宾的故事传说对民间产生了重大的影响。于是，佛教徒便想办法把吕洞宾也纳入到佛教系统来，创造出了吕洞宾与黄龙禅师的故事，声称吕洞宾是被黄龙禅师度脱的。这个故事最早出现在南宋时期，著名的佛教禅宗文献《五灯会元》曾有记载：

> 吕岩真人，字洞宾，京川人也。唐末，三举不第。偶于长安酒肆遇钟离权，授以延命术，自尔人莫之究。尝游庐山归宗，书钟楼壁曰："一日清闲自在身，六神和合报平安。丹田有宝休寻道，对镜无心莫问禅。"未几，道经黄龙山，睹紫云成盖，疑有异人，乃入谒。值龙击鼓升堂。龙见，意必吕公也，欲诱而进，厉声曰："座傍有窃法者。"吕毅然出问："一粒粟中藏世界，半升铛内煮山川。"且道："此意如何？"龙

二 八仙故事的渊源及演变

黄龙禅师

指曰："这守尸鬼。"吕曰："争奈囊有长生不死药。"龙曰："饶经八百劫，终是落空茫。"吕薄讶，飞剑胁之，剑不能入，遂再拜求指归。龙诘曰："半升铛内煮山川，即不问，如何是一粒粟中藏世界？"吕于言下顿契，作偈曰："弃却瓢囊摵碎琴，如今不恋汞中金。自从一见黄龙后，始觉从前错用心。"

佛教徒之所以创作这个故事一方面有借吕洞宾的名气抬高佛教的意思，另一方面也反映了佛教禅宗与全真道修行目的之间的冲突。禅宗是将明心见性作为宗教解脱的终极之道，主张修性。全真道则主张性命双修，以肉体、精神双重解脱为终极目的。黄龙禅师称吕洞宾为"守尸鬼"，其说"饶经八百劫，终是落空茫"，便是用来否定全真道的修命的观念。因此，黄龙故事的核心内容可以说是佛道之间的性命之争。

这个故事除了《五灯会元》之外，佛教史传《佛祖统记》与《指月录》亦有记载，吕洞宾归入佛教的故事情节随着这些灯录在社会上传播而深入人心。元代陶宗仪《南村辍耕录》中就曾说："世传吕岩从钟离权受剑诀。后二百余年，来参黄龙惠南，始竟佛言，不修正觉，别得生理。休止深山大岛，绝于人境。报尽还来，散入诸趣。晚年始坚此愿。"

佛教徒将全真教祖师吕洞宾归入了禅宗法嗣，而且还公然驳斥全真教的修行法门，这对于全真教徒来说是不能容忍的。元代苗善时在撰《纯阳帝君神化妙通纪》时，便列出了一大堆以道化佛的事情，其云："宋仁宗赞云：东训尼父，西化金仙。又韩真人度慧禅师入道为冯尊师真人，紫阳真人度道光禅师入道为紫贤真人，又吕祖师度有德僧十余人，皆实事传。吾教并不彰耀夸称，因此人我之徒巧撰遮掩，其先亦有参和尚者。呵呵！"同时，他对《五灯会元》中的吕洞宾与黄龙故事大加驳斥，他说：佛教徒将吕祖"自从一觉黄粱后"中"一觉"改为"一见"、"黄粱"改为"黄龙"。以帝君飞剑斩黄龙。蠢哉！诬上天星辰，毁中国仙圣，此辈历历恶报，都没结果。奈何迷昧不复，伤哉！云云。

后来，道教又演化出吕洞宾度化黄龙禅师的故事，《万历沧州志》有《吕真人神碑记》，便是道教版本的吕洞宾与黄龙禅师故事。这里面讲，宋咸淳年间，吕洞宾奉玉帝旨意，到凡间度化众生，一日至终南山黄龙寺，寺内有黄龙禅师，正聚集僧众，升堂说法度人。吕洞宾化为一道人，在廊下玩戏题诗。黄龙见后呵斥他，吕洞宾与其辩论，将其点化。其中，黄龙问吕洞宾："汝有何异奇？"答曰："吾一粒粟中藏世界，半升铛内煮乾坤。"黄龙曰："但煮铛内物，铛外物如何煮得？"答曰："能使一粟翻转过，善调钢铁软如绵。翻来覆去随吾使，几人悟得妙中玄。两手拨开天地髓，虚无煅炼大根源。"黄龙不能张口。少顷曰：

吕洞宾

(清《蟠桃八仙会》)

"先生佩带者何物也?"答曰:"是吾斩妖神剑也。"黄龙问:"吾在此说大乘妙法,有何妖邪敢至?有剑何用?"答曰:"此剑特来斩汝。"黄龙曰:"吾有何罪?"答曰:"汝有三毒。"黄龙曰:"吾有何三毒?"答曰:"你久坐黄龙不起身,衣食饱暖更言贫。岂不是贪?""吾有何嗔?"答曰:"西廊而入听法闻经者,喜。东廊而上参禅问道者,怒。又见吾玩戏题诗,不来房内参访,汝大喝一声。岂不是嗔?""吾有何痴?"答曰:"汝一身未了,更度他人。你只求见今名利,不修过去津梁。岂不是痴?汝贪嗔痴三毒全备,不可度也。"吕公言毕,拂袖而回。黄龙急下禅椅,向前问讯……黄龙曰:"弟子有缘,得遇仙师。若肯点化,传授妙诀,对天盟誓,不忘师恩。"先生曰:"吾有性命玄妙诀,我今传汝。入手保守,定心闭口不用说。汝修性,不修命,此是修行第一病。只修祖性不修丹,万劫阴灵难入圣。不达命几只求性,好似整容无宝镜,寿同天地丈夫见,手把阴阳为斗柄。性命全玄丹又玄,海底洪波渡法船。生擒活捉蛟龙首,始知匠手不虚传。"吕洞宾说黄龙禅师"修性不修命,此是修行第一病",便是历来全真教批评佛教的话语。吕洞宾点化黄龙禅师的这个故事版本,在民间亦有流传。明初杂剧《吕洞宾点化黄龙》讲的也是这个故事,此剧最后,黄龙禅师受到吕洞宾点化,由八仙接引成仙。

  明代中期以后,社会思想文化产生了重大转变。程朱理学那种极端化的"天理"禁锢被打破,肯定个人私欲和追求个性自由的思潮一发而不可收拾。许多文人士大夫开始逾越礼教规范,率性而为。社会上艳情小说泛滥,朝野竞相谈论双修之术,毫无避讳。在这种背景下,吕洞宾飞剑斩黄龙故事又与三戏白牡丹故事相结合衍化出了艳情小说版本,这其中以《飞剑记》为代表。《飞剑记》中,白牡丹是金陵的一位大家闺秀,吕洞宾勾引她用来采阴补阳。这件事被黄龙禅师所察觉,黄龙禅师传授白牡丹绝招破了吕洞宾元阳。吕洞宾被泄真阳后怒不可遏,飞剑斩黄龙禅师,但却被禅师夺去了宝剑,只好皈依黄龙,在高邮养阳九年,方功成行满。在《飞剑记》中,吕洞宾虽被黄龙禅师打败,但主要是为了迎合大众娱乐,与佛道之间的争论已没有了任何关系。

6　吕洞宾度老树精

在众多八仙故事中,吕洞宾度老树精的故事在民间社会颇受欢迎。其一经出现,便被文人、艺人吸收融汇到戏曲与小说之中。如马致远的《吕洞宾三醉岳阳楼》、谷子敬的《吕洞宾三度城南柳》、贾仲明《吕洞宾桃柳升仙梦》与朱有燉《紫阳仙二度常椿寿》等,均写的是这个故事。现存最早的吕洞宾与树精的故事来自北宋王巩的《闻见近录》,其云:

> 岳州唐白鹤寺前有古松,合数围,平顶如龙形。吕洞宾昔尝憩其下,有一翁自松顶而下,前揖甚敬。洞宾诘之,曰:"我,树神也。"洞宾曰:"邪耶正耶?"翁曰:"若其邪也,安得知真人哉?"言讫,升松而去。洞宾即题于寺壁,曰:"独自行时独自立,无限世人不识我。惟有千年老树精,分明知是神仙过。"

随后,张舜民《画墁集》、范致明《岳阳风土记》与叶梦得《岩下放

宋《吕洞宾上岳阳楼图》

言》亦记载此事。范致明的《岳阳风土记》还增加了一个情节，就是吕洞宾赠与树精丹一粒，并称"旧松枯槁，今复郁茂，得非丹饵之力耶！"

吕洞宾度树精的故事经过文人名士的宣传，在南宋社会上广为传播。岳州知州李观为纪念此事，构亭于松前，并建碑于岳阳楼上。这颗老松俨然成为岳州城的景观，过往文人雅士，无不前往观赏。南宋洪迈的《夷坚三志补》记载：建炎中，此松犹存。绍兴二十三年，大风拔树无数，此松遂枯。有道人过之，折已仆一枝插于傍，咒曰："彼处难安身，移来这里活。"自是日以畅茂，即今稚松也。道人者，盖吕仙翁云。由此看来，在民间传闻中，吕洞宾曾两次将此松由枯转荣，这可能便是吕洞宾度化树精故事的渊源所在。

真正意义上的吕洞宾度化树精故事始于元代苗善时的《纯阳帝君神化妙通纪》，其"度老松精第十二化"云：

岳州巴陵县白鹤山下两池潜巨蟒，池上一老树枝干悉槁，

二 八仙故事的渊源及演变 | 99

蔓草翳焉。帝君过之,有人自树杪降而拜曰:"我松之精也。幸见先生,愿求济度。"帝君曰:"汝妖魅也。奚可语汝道?平日亦有阴德否?"曰:"池中两蟒屡害人,弟子每化为人,立水次,劝人远避,救活数百人。蟒出,化为剑,锢之,沉于泉。"帝君诗曰:"独自行来独自坐,世上人人不识我。惟有南山老树精,分明知道神仙过。"今巴陵庵前一老干枯死,旁一枝独生,乃神丹之力,世号稚松。又一巨石如墨状,乃帝君化石墨为者存焉。

同书"再度郭仙第十三化"中又云,郭上灶乃老树精后身。吕洞宾度化他时说:"子前生乃老树精,还记之否?"郭恍然若梦觉也。曰:"幸见先生,可教弟子学道。"吕洞宾曰:"子欲学道,不惧堕死,宜受一剑。"郭唯唯,帝君引剑向其首,郭大呼,吕洞宾俄不见。郭怏怏,自是遍游云水。一日忽遇吕洞宾,遂得道。

而郭上灶又是何许人也?郭上灶最早见于宋张师正《括异志》。其记载,郭上灶原为东京茶肆伙计,一日,有青巾布袍者,神彩凛然,疑其吕公也。即走拜于前曰:"际遇先生,愿为仆。"吕曰:"若真欲事我,可受吾一剑。"郭唯唯,延颈以俟。引剑将击,郭大呼,已失公矣。郭后尸解,视其棺,败絮而已。后来,郭上灶便常作为吕洞宾弟子出现在各种典籍中。宋胡仔《苕溪渔隐丛话》中曾记载,吕洞宾自言:"吾得道年五十,第一度郭上灶,第二度赵仙姑。郭性顽钝,只与追钱延年之法。"而苗善时将郭上灶说成是老树精的后身,将二者合一。这样一来,老树精也就名正言顺地跻身为吕洞宾弟子中来。

苗善时这一神奇的构思,增加了度树精故事的复杂性。经他改造的树精故事频繁出现在文人、艺人创作的戏剧与小说之中。最著名者

元《钟离权度吕洞宾图》

当数马致远的《吕洞宾三醉岳阳楼》,经马致远编撰的老树精故事,情节较前更加离奇。他讲道:岳阳楼下有一老柳树已成精,杜康庙前有一株白梅花也已成精。吕洞宾遇到柳精,劝他出家修道,但柳精苦于自己未得人身,不能成道。吕洞宾让他投胎到楼下卖茶人家为男,梅精则投胎为女,即为郭马儿与贺腊梅,三十年后再来度化。二人长大后结为夫妻,在岳阳楼下开茶坊。吕洞宾两次前来度化,郭马儿并不醒悟。吕洞宾第三次来到岳阳楼,他给了郭马儿一把剑,让他杀妻出家。郭马儿不愿杀妻,但带剑回家后,贺腊梅的头颅忽然掉落,郭马儿便将吕洞宾告到官府。吕洞宾却说贺腊梅未死,一唤之后,她果然来了。众官要判郭马儿诬告,郭马儿急忙向吕洞宾求救,这才发现众官原来皆是八仙变幻而成。郭马儿自悟到前生是一株老柳,贺腊梅前生则是一株梅花,二人跟随吕洞宾入道成仙。马致远这一改编基本上奠定了度老树精故事的基本情节。谷子敬的《吕洞宾三度城南柳》与贾仲明《吕洞宾桃柳升仙梦》都沿袭了其故事框架,只是在具体情节上进行了变化。如:《吕洞宾三度城南柳》中,吕洞宾度脱小桃后带其远遁,郭上灶怀疑妻子与吕洞宾有私,追杀小桃,最后在人命官司中醒悟过来;《吕洞宾桃柳升仙梦》则将故事发生地点变为汴京,树精转世后的身份由酒店小民变成了家财万贯的财主;等等。

明清以后,随着杂剧的衰落,吕洞宾度树精又成为小说家的重要素材。《飞剑记》《万仙录》《吕祖全传》中均有度树精的故事,但情节上多为编者随意构撰,已无渊源可寻。

小知识◎狗咬吕洞宾

"狗咬吕洞宾,不识好人心"是妇孺皆知的一句口头语。意思是狗见了吕洞宾这样做善事的好人也咬,用来骂人不识好歹。关于这个民间谚语的来历,已不可考。

明末清初叶承宗曾著《狗咬吕洞宾》一剧,大意讲的是吕洞宾前往泰山点化书生石介,他向石介求布施,石介不知他是神仙,不肯施舍。后来,石介因违反禁令,被巡夜官蔡京之弟蔡奇抓去,锁禁在泰岳庙中责打,并放出狗把石介咬伤,那只狗还欲咬洞宾。吕洞宾命柳树精施法术,使蔡奇放了石介。石介赴试考中状元,吕洞宾复来度化他,石介终于醒悟。得道成仙,同时那只咬人的狗也被吕洞宾度化。

关于吕洞宾度石介的故事,《吕祖全书》卷二《谒石直讲》

云"石介,字守道,为国子监直讲,一方士称回叟上谒,袖出诗曰:'高心休拟凤池游,朱绂银章宠已优。莫待祸来名欲灭,林泉养浩预为谋。'石逊谢,不悟其旨,延以酒食。日将夕,叟辞,石留之宿。曰:'吾孤云野鹤,安可留也!'其后期年,因贼孔直温谋逆,石尝有书与之,坐贬卒。"可见,两个度化石介的故事没有什么相似之处。

还有就是清末无垢道人的《八仙得道传》,其八十三回"桃花山犬祟王小姐,夏口镇狗咬吕洞宾"中讲:"二郎神的哮天犬私自下凡祸害人间,吕洞宾奉命拿法宝去收降。哮天犬被收入法宝后,吕洞宾担心哮天犬困于其中被化成灰,心生慈悯,擅自放哮天犬出来,结果反被不知好歹的哮天犬趁机咬了一口。"

三 八仙信仰对后世的影响

八仙这一神仙群体的出现绝非偶然，他们是金元道教革新、市民文学兴盛、戏剧繁荣的产物。而反过来，八仙信仰的兴盛又深深影响着我国的道教、民俗与文学等领域。道教各派奉祀八仙，借用他们的声名来扩大本派的影响，形成众多八仙庙宇与八仙道派；民间百姓在日常生活中用不同的形式来崇拜八仙，形成了纪念八仙的节日、礼俗、食品以及工艺品等；历代文人用小说、戏曲、说唱文学等体裁来演绎八仙故事，形成了八仙文学；流传于各地的八仙传说，形成了大量与八仙相关的名胜古迹。这些都是八仙信仰对后世社会的深刻影响。

1　八仙与道教

八仙的形成与道教有着密不可分的关系。我们所熟知的钟吕八仙组合大约出现于宋金时期，考古所发现的南宋缂丝《八仙庆寿图》与金代侯马墓、董明墓中的八仙砖雕均出现了以汉钟离、吕洞宾为首的八仙形象。但是，这八位神仙并不是此时才出现的。唐段成式的《酉阳杂俎》、唐郑处诲的《明皇杂录》、北宋李昉的《太平广记》、北宋刘斧的《青琐高议》、北宋魏泰的《东轩笔录》、北宋郑景璧的《蒙斋笔谈》等书中，分别讲到了张果、吕洞宾、蓝采和、钟离权、何仙姑、韩湘子等人。而且，这些神仙均与钟吕或内丹道有某种联系，如：铁拐李的原型宋代刘跛子与吕洞宾有交往，精通内丹；唐代著名道士张果著书立说，留下不少内外丹道的著作；蓝采和最早出现于五代沈汾《续仙传》中，从其行为来看，应该也是内丹道中仙人；何仙姑的传说盛行于宋代，许多宋代文人笔记中均提及此人，与吕洞宾关系密切；曹国舅在传说中乃是吕洞宾弟子；等等。只不过在唐宋时期，他们只是作为个体的神仙出现，尚未形成一个神仙群体。

唐末五代时期，道教外丹术趋于衰落，内丹术起而代之。当时的隐逸道士纷纷吸收早期道教内炼形神、外服丹药之术，并融合儒家易学和佛教禅宗的修持理论，形成了具有较深哲理的内丹修炼功法。钟离权、吕洞宾二人，便是以传习内丹术著称于世。他们被后来的宋元内丹家奉为祖师，谓之"钟吕金丹派"。金元时期，咸阳人王重阳开创了以内丹修炼为核心的新道派——全真道。从12世纪末到13世纪初，全真教从民间宗教组织逐渐发展为北方最重要的宗教派别。"黄冠之人，十分天下之二，声势隆盛，鼓动海岳"，在民间社会产生了极大的影响。王重阳与同时代的许多内丹修炼者一样尊崇钟离权、吕洞宾为祖师，钟离权和吕洞宾被全真教列到了全真五祖之中。全真教对钟、吕的推崇，为"钟吕八仙"组合的产生奠定了宗教基础。这一时期，全真道士们为了扩大全真教的吸引力，将这些和钟吕关系密切、在民间有着广泛影响力的神仙组合在一起，形成了以内丹道为主的八仙组合。明胡应麟《少室山房笔丛》就曾总结道："今世绘八仙为图，不知起自何代，盖由杜陵有《饮中八仙歌》，世俗不解何物语，遂以道家者流当之，要之起自元代。王重阳教盛行，以钟离为正阳，洞宾为纯阳，何仙姑为纯阳弟子，夤缘附会，以成此目。"

作为全真道尊崇的神仙群体，八仙最初在全真道观里面立祠供奉。到了明清时期，随着影响越来越大，八仙的供奉扩展到整个道教，甚至一些民间宗教也开始尊崇。在道教宫观中供奉八仙的情况共分为三种：

第一种就是道观将八仙放在一起作为主神供奉。这里面最著名的要属陕西省西安市的八仙宫了。八仙宫位于西安市东关的长乐坊，原名"八仙庵"，是祀奉八仙的最著名的宫观。相传宋时有郑生见八仙于此，遂建庵。元赵道一《历世真仙体道通鉴》中记载，吕洞宾在长安道中遇钟离权，黄粱一梦而悟。八仙庵遂被后人认作钟离权度化吕洞

西安万寿八仙宫

宾黄粱梦觉之地。庙前竖有题名为"长安酒肆"的石碑，旁刻"吕纯阳先生遇钟离权先生成道处"。光绪二十六年，八国联军入侵中国，慈禧太后和光绪皇帝逃难到西安，驻跸八仙庵，赐名为"敕建万寿八仙宫"。八仙宫中主殿便是祭祀八仙的八仙殿，殿门上对联有"暮鼓晨钟警醒尘凡黄粱梦"句。除八仙殿外，八仙宫东院又另辟吕祖殿，内有一个圆洞，人称"吕祖洞"。吕祖乃是八仙中的关键人物，殿内香火旺盛；除此之外，还有大名鼎鼎的北京白云观，也有崇祀八仙的八仙殿。白云观位于北京西便门外，是全真三大祖庭之一，也是中国道教协会、中国道教学院的所在地，在道教界有着很高的地位。在其中轴线西边即是八仙殿和吕祖殿，一前一后。八仙殿内奉祀钟离权、吕洞宾、张果老、曹国舅、李铁拐、韩湘子、蓝采和、何仙姑八位仙人。八仙神像披红，祭台上挂有"有求必应"等锦旗。可见，八仙殿在白云观虽不居要位，但香火依然兴盛。

第二种情况是道观分祀八仙中的几位神仙，而不是全部奉祀。这种情况如成都的二仙庵，二仙庵因专祀吕洞宾和韩湘子而得名。相传康熙年间，成都府臬宪赵良璧与青羊宫道士陈清觉相交甚厚，一日赵良璧至青羊宫寻陈清觉不遇，见有二道人弈棋。忽然，二道人化为二只白鹤冲天而去。陈清觉回来告诉他，这是吕纯阳和韩湘子二仙。赵良璧大喜，回去后募资购地，在青羊宫花园建了"二仙庵"，专门奉祀吕洞宾和韩湘子；还有泰山南麓的王母池庙，其后院设有七真殿，里面供奉着七位仙人的塑像，其中吕洞宾、铁拐李、何仙姑是八仙人物，柳树精、苗庆、焦成广、济霄堂则是吕洞宾的弟子。这七尊雕像原来是明代的彩塑，工艺精湛，形象逼真，可惜在"文革"中被损毁，现存的彩塑是1986年重塑的。

第三种情况最为普遍，就是道观专祀八仙中的某一位仙人。由于吕洞宾在民间社会影响极大，又是全真道的祖师，所以，关于他的专祠是最多的，全国各地的吕祖祠、吕祖庙、纯阳观之类，数不胜数。这里面最著名的当属全真道三大祖庭之一的永乐宫。永乐宫的前身是吕洞宾故乡民众所修建的一座吕公祠。到了元代，全真教奏请朝廷批准在原吕公祠的基础上扩建永乐宫。整个永乐宫的工程十分惊人，整个建筑加上壁画的绘制总共花了110年才完成，其殿宇恢宏，壁画精美，堪称元代寺观之最；比起吕洞宾，另外一位全真祖师钟离权的专祠则要少了很多。相传陕西咸阳是钟离权的故乡。元代时，全真教在此修建了一座正阳宫奉祀钟离权。近代以来，正阳宫荒废，仅剩残垣断碑。2013年，正阳宫由咸阳道教协会贺信萍道长主持兴复，规模十分壮观；跟奉祀钟吕祖师的宫观相比，位于广东增城的何仙姑家庙，宛如一块温润的碧玉，温润柔静。据说何仙姑家庙始建于明代，现在看到的建筑是清朝咸丰八年重修的。庙内有仙姑殿、八仙堂、仙姑井、庙顶仙桃、

建设中的咸阳正阳宫

三忠殿等景点;除此之外,小规模的八仙庙宇还有坐落于西安南门湘子庙街的湘子庙,湘子庙专祀韩湘子,属八仙宫的下院。寺院有山门、香泉、灵光殿和湘子殿,占地约两亩半左右。另外,道教中专祀张果老的宫观也不少,比较有名的如淮滨县果老庙、沁县的通玄庙、九宫山的果老庙以及邢台西边的栖霞观等。

除了修建祭祀八仙的庙宇以外,明清时期,道教还形成了很多以八仙为祖师的派别。据民国时期白云观所藏《诸真宗派总簿》记载,钟离权为正阳派祖师,吕洞宾为纯阳派、天仙派、蓬莱派的祖师,张果老为云阳派祖师,铁拐李为云虚派祖师,何仙姑为云霞派祖师,曹国舅为金丹派祖师,等等。这些派别的出现,究其原因,与当初全真道尊崇钟吕祖师一样,都是借助八仙在民间与道教史上的广泛影响来提高本宗派的地位,扩大本宗派的影响力。

2 八仙与民俗

八仙的产生,最早就带有浓厚的民俗意味。据文献记载,南宋时,京城临安迎赛的舞队中就已经有了八仙的装扮。元代,势力庞大的全真道极力推崇钟吕祖师,兴盛的杂剧又将大量八仙故事搬上戏台,八仙信仰变得更加深入人心,与民众生活结合得也越来越紧密。这样一来,民间便产生各种与八仙相关的民俗,数不胜数,包罗万象。

首先,在民间的日常生活中,人们常常将形状、数目为八的物品用八仙命名。比如:人们常称八个人坐的方桌为"八仙桌"。农村几乎家家户户都有这种方桌,用它来祭祖、敬神和礼佛;再如琼花每年暮春开放,色白香雅,古有"天下无双独是此花"之说,因其花每枝花梗长八朵小花,形似八仙聚会,故又被称为"聚八仙";还有不少菜肴也以八仙为名,如一种叫"八仙过海"的名菜,以色泽鲜嫩、润滑爽口而著称。在做这道菜时,如果海参铺在面上,即称为"八宝海参",如果海参垫在底下,就称"八仙过海"。

说到八仙食品,还有一种食品不可不提,就是苏州有名的老字号

"陆稿荐"[1]。其酱汁肉加工时,用肥瘦均匀的条肉,切成小方块,加红曲、砂糖、香料等复制而成,色红似樱桃,味甜而不腻,入口即化,深受民众喜爱。据说它的制作与吕洞宾有很大关系。相传吕洞宾曾化为乞丐,身背草荐、手捧两只旧陶钵,走进肉店求宿。陆老板心地善良,见到乞丐老而多病,便准允他居住,还供给饮食。半月以后,乞丐病好了,便来谢店主,说有睡觉用的破草荐一条,请予收下。陆老板见他盛情难却,便笑纳了,拿到手上,发现清香扑鼻,于是试抽一根草茎用来煮肉,果然香味扑鼻,入口而化。陆老板再一细想,那乞丐拿着两只陶钵,暗指为"吕",莫非是吕洞宾显灵?于是他便改名为"陆稿荐",从此以后,陆稿荐就成为苏州城内的招牌肉店。

其次,在民间很多礼仪场合中也会有八仙形象出现。如老人生日时,儿女常为其操办寿酒,并请戏班进行说唱表演。由于八仙庆寿故事在民间影响很大,祝寿时送画多送"八仙献寿图",唱戏多唱"八仙庆寿戏";山东莱州风俗,出嫁的女儿回娘家为父母做寿,必做八个彩绘面塑饽饽,分别绘上八仙的形象,还要剪"祝寿窗花",图案也多是"八仙"或者"暗八仙"之类;贵州黔北地区祝寿时,花灯手分别装扮成八仙的模样,依次演唱,边唱边向寿星公献上自制的长生拐、长生扇、长生经、长生酒、长生草等物。最后,再恭恭敬敬地敬酒一杯,"仙人"与寿星同饮,暗寓长命百岁之意。

另外,在民间其他的喜庆场合也常常有八仙出现。婴儿出生,家人、亲戚常常做"暗八仙"银器,为手镯、帽花,使小孩佩戴,祈佑平安。在满月、百日等仪式上,请人唱喜歌,歌词中常常借八仙之名讨吉利;婚礼仪式上,新娘盛妆,穿戴刺绣云肩,前后左右四个页瓣,每瓣上绣有八仙上的两人;民间修缮房屋时,稍微讲究一点的,会用木雕、

---

[1] 稿荐:稻草或麦秸编成的垫子,旧时用来做床垫。稿同藁,即干的禾草。

砖雕、石雕等刻八仙故事或"暗八仙",以图吉利;还有一些地方的商店正月初五开业迎财神,要恭迎八位最先进店的顾客,名为"请八仙"。

再次,八仙神话广为流传之后,全国各地还兴起不少祭祀八仙的节日。比如在山西、内蒙一带汉族中盛行的"敬八仙节",又称"八仙日"。每年农历正月初八举行,以祭祀八仙为主要内容。考其源流,则是从古老的"谷神节"演变而来,传说正月初八是谷子的生日,民间要祭祀谷神、占谷和祭星。由于初八正好与八仙契合,所以在山西、内蒙一带,谷神节就逐渐演变成了"敬八仙节"。每到这一天,老百姓就点烛、烧香、供美味佳肴来祭祀八仙,不过,谷神节点灯祭星的风俗至今依旧保留;还有苏州特有的传统民俗活动"轧神仙"节。"轧"是苏州方言中是"挤","轧神仙"实际上就是"轧人",每到了农历四月十四这一天,苏州人男女老幼倾巢出动,比肩摩踵,亲密接触。农历四月十四传说是神仙吕洞宾的生日,每逢这一天,据说吕洞宾就会化身为凡人,混迹在拥挤的人群中度人,凡是能碰着他的人,就会被度化或者沾上仙气交上好运。由于每个人都可能是吕祖化身,因此这一天人们擦了肩、碰胳膊、撞了腿的不但没有怨言,反而乐此不疲。"轧神仙"过去是苏州民间纪念吕洞宾诞辰的大型庙会,如今更是演变成为集餐饮、娱乐、民俗、文化活动为一体的民俗文化节;另外,广东西樵一带每逢农历四月十四,也有专门纪念吕洞宾的大仙诞。西樵山上的云泉仙馆,建于道光二十八年,距今已有二百年历史。该仙馆祀奉吕洞宾在大仙诞庙会形成的过程中扮演了非常重要的角色。每到吕祖诞辰时候,云泉仙馆前三日设素宴,后四日设荤宴,并发送请柬,邀请地方名流参加盛会。除了纪念吕洞宾之外,广东增城还有何仙姑文化旅游节。相传农历三月初七是仙姑诞辰日,八月初八是仙姑得道日。每逢这两日,各地善男信女就会前往家庙举行盛大纪念活动,场

吕祖灵符碑
（平遥清虚观）

面十分热闹。

最后,行业保护神是从业者供奉以保护自己和本行业利益的神明,旧时的很多行业,就将八仙中的人物奉为祖师爷和行业保护神。比如理发匠、金银匠、制墨业、医药业、杂技戏法艺人都奉吕洞宾为祖师,甚至旧时北京的娼妓业也奉吕洞宾为祖师。八仙人物之所以成为某行业的保护神,与他们的民间传说密切相关。娼妓业之所以奉吕洞宾为祖师,便与吕洞宾点化妓女、为妓女医病、吕洞宾戏白牡丹的传说,有很大关系;另外,韩湘子被吹喇叭的艺人奉为祖师爷,这与其吹玉箫有很大关系;李铁拐被台湾等地的乞丐奉为祖师爷,这与他本身的

三 八仙信仰对后世的影响 | 113

乞丐形象有很大关系；蓝采和被湖南长沙的提篮小贩奉为祖师，因为提着一个篮子；张果老被民间唱道情的艺人奉为祖师，因为唱道情要用渔鼓做伴奏，而相传渔鼓正是张果老所发明。如此等等。

小知识◎暗八仙

暗八仙是我国一种传统的吉祥图案。在这个图案中，八仙的形象并不出现，而是以八仙的八种法器来代表八仙。在八仙传说中，张果老倒骑驴，手持渔鼓唱道情，因此代表他的法器就是渔鼓，传说这个渔鼓能占卜人生；韩湘子是一位吹箫的少年，因此代表他的法器就是箫管，传说这只箫管能使万物焕发生机；汉钟离是一位袒胸露乳、手摇棕扇的中年

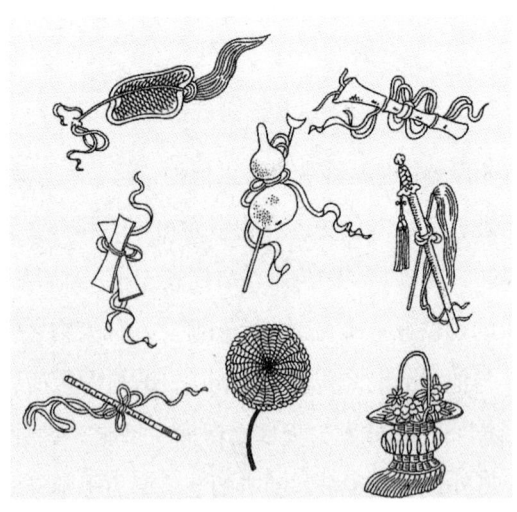

暗八仙

汉子，因此代表他的法器就是扇子，传说这把扇子能起死回生；吕洞宾是一位背剑降魔的道士，因此代表他的法器就是宝剑，传说这把宝剑能驱鬼斩魔；铁拐李是一位挂着拐杖、背着葫芦的残疾乞丐，因此代表他的法器就是葫芦，传说这个葫芦装着长生不死的丹药；蓝采和是一位手持花篮的少年，因此代表他的法器就是花篮，传说这个花篮里的草木都不是凡品，能通人心，洽人情；何仙姑是一位手持荷花的女性，因此代表她的法器就是荷花，传说这朵荷花不染尘，能够修身养性；曹国舅是一位手持玉板的官员，因此代表他的法器就是玉板，传说这块玉板能使人心态平和，不为外事所扰。

　　这八种法器成为代表八仙的固定图案之后，经常在剪纸、雕刻、绘画、刺绣、金银器等民间工艺品上出现，成为人人皆可意会的吉祥图案。

3　八仙与文学

　　八仙是元、明、清时期民间大众最喜爱的神仙群体，八仙不但对道教、民俗产生了重大影响，还成为戏曲、小说、讲唱文学等文学体裁的重要内容素材。以八仙故事为主题的作品，成为中国神仙文学的重要组成部分。

　　在八仙信仰形成的宋元时期，是我国戏曲艺术大繁荣、大发展的时代。特别是元杂剧，据统计当时有超过500余种的杂剧剧本在社会中流传，至今传承下来的仍有200余种。由于八仙信仰的兴起，杂剧作家们以八仙故事为题材，编写了大量的神仙道化剧。根据钟嗣成《录鬼簿》、贾仲明的《录鬼簿续编》等书的相关记载，元代关于八仙的戏剧有：马致远《吕洞宾三醉岳阳楼》《开坛阐教黄粱梦》；岳伯川《吕洞宾度铁拐李岳》；钟嗣成《宴瑶池王母蟠桃会》；范康《陈季卿误上竹叶舟》；陆敬之《韩湘子引渡升仙会》；赵文殷《张果老度脱哑观音》；纪君祥《韩湘子三度韩退之》；赵明道《韩湘子三赴牡丹亭》；无名氏《汉钟离度脱蓝采和》《瘸李岳诗酒玩江亭》《蓝采和锁心猿意马》；等等。

　　到了明初，承元杂剧之余绪，八仙戏剧依然兴盛，在元代度脱剧、

邯郸黄粱梦八仙楼

祝寿剧的基础上丰富发展，呈现出纷繁多样的色彩。明代的八仙戏剧作品主要有：贾仲明《铁拐李度金童玉女》《吕洞宾桃柳升仙梦》；谷子敬《吕洞宾三度城南柳》《邯郸道卢生枕中记》；朱有燉《吕洞宾花月神仙会》、汤显祖《邯郸记》、苏汉英《吕真人黄粱梦境记》、无名氏《吕翁三化邯郸店》《吕纯阳点化度黄龙》《吕洞宾戏白牡丹》《飞剑斩黄龙》《边洞玄慕道升仙》《韩湘子升仙记》《吕真人九度国一禅师》；等等。

　　元明时期的八仙戏曲故事繁多，内容庞杂，诸如神仙飞升、养命修炼、扬善惩恶、度脱等皆可入剧，取材极为广泛。有的直接以道教仙传为原型进行加工，如《开坛阐教黄粱梦》，故事来源于道教典籍《纯阳帝君神化妙通记》、《历世真仙体道通鉴》等书，讲的是钟离权度脱吕洞宾的故事。有的虽然取材于道教典籍，但故事经过了作家的剪裁、取舍与再创造，如《吕洞宾三醉岳阳楼》《吕洞宾三度城南柳》《吕洞宾桃柳升仙梦》三剧，演绎的是吕洞宾度脱柳树精得道成仙故事，故事虽然取材于《纯阳帝君神化妙通记》，但已与原作有了很大不同；还有的剧本是以民间传说故事为蓝本，仅仅借用八仙人物来进行重新创作。如《陈季卿误上竹叶舟》，讲的是吕洞宾度脱陈季卿成仙故事。此剧事出唐人薛昭蕴的《幻影传》，范康加以改写，把"终南山翁"改为吕洞宾，把陈季卿乘竹叶舟事改为梦境中事。

元明时期的八仙戏曲多受全真教思想的影响，大多描写的是神仙度脱凡人去尽诸欲、最终成仙的故事。这与全真教的教理教义非常相似，旨在劝导人们看破红尘，放弃对功名利禄、酒色财气的追求，从而达到一种恬淡无欲、与道合真的境界。如《开坛阐教黄粱梦》中，吕洞宾梦中经历了酒色财气对人性的伤害。吕洞宾喝酒吐血，伤身；妻子不贞，伤情；贪财，差点让他丧命；争气恋子女，而子女被摔死，最后自己也被杀死。后来，吕洞宾从梦中恍然醒来时，身犹卧肆中，黄粱犹未煮熟，因而醒悟人生，出家学道；《竹叶舟》中陈季卿抛功名利禄、妻儿子女等，都或多或少地反映了全真教禁欲主义的修行思想。

全真教重视内丹修炼，受此影响，八仙戏剧中关于内丹修炼的内容屡屡出现。如《竹叶舟》剧中，吕洞宾唱云："俺不用九转丹成千岁寿，俺不用一斤铅结万年珠，也不采甚么奇苗异草，也不佩什么宝篆灵符。只要养的这精神似水，炼的这骨髓如酥，常日把那心猿意马牢拴住。"此类唱词，体现了全真教的内丹修炼思想。还有贾仲明《度金童玉女》，第四折中的"青天歌"唱道："艳阳时节采灵苗．莫等中秋月色高；颠倒离男逢坎女，黄婆拍手喜相招。相招相唤配阴阳，密雨浓云入洞房；十载灵胎生个子，倒骑白鹿上穹苍。"则直接唱出了内丹修炼的程序。

除戏曲文学之外，小说也是八仙信仰的一大文学载体。明清是中国小说史上的繁荣时期。从明代开始,小说这种文学形式充分显示出其社会作用,打破了正统诗文的垄断。明清时期,钟吕八仙深受世俗百姓的喜爱,成为家喻户晓的神仙群体,以八仙故事为题材的小说作品层出不穷,成为明清小说的重要组成部分。

明代八仙小说中最著名的当数《东游记》与《飞剑记》。《东游记》又名《上洞八仙传》,作者为"兰江吴元泰",这本书在明清世俗社会中流传甚广,基本上对"八仙"组合起到了定型作用。《东游记》用铁拐李、钟离权来把八仙故事串连成篇,其中故事多根据《绘像列仙传》《历代仙史》《金莲正宗记》《续仙传》《历世真仙体道通鉴》等民间传说汇集演化而成,有些杂凑的意味;《飞剑记》则是一部描写吕洞宾从降生到得道成仙的小说。其中的故事情节在《纯阳帝君神化妙通纪》与《吕祖志》等书中均可找到出处,小说结构完整,富有文采。

《东游记》《飞剑记》之后,明末清初又出现了《韩湘子全传》与《吕

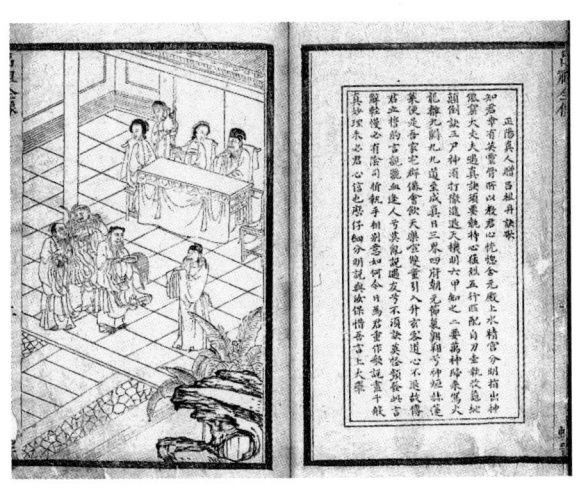

《吕祖全传》插图

祖全传》两部小说。《韩湘子全传》讲的是韩湘子成仙并度化韩愈的故事，其脱胎于明传奇《韩湘子九度文公升仙记》，又经作者虚构改造而成；《吕祖全传》是一本纯为宣扬道教思想的宗教小说，作者汪象旭是一个虔诚的吕祖信徒。小说用第一人称叙述，把吕洞宾黄粱梦、钟离十试、度柳精等故事有机地融合在一起，在写人、写景、叙事上都有独到之处，具有很高的文学价值。

　　清末，八仙小说又出现了《三戏白牡丹》与《八仙得道传》两部有影响的长篇小说。《三戏白牡丹》是作为"消闲之品"而创作的，作者并不拘泥于吕洞宾的神迹史实，而大胆地进行虚构想象，以佛教的三世因缘为情节框架，描写了吕洞宾、白牡丹和黄龙等人物的前世、今生和来世的爱情故事；《八仙得道传》是一部融汇八仙民间传说创作而成的长篇神怪小说。作者无垢道人是一个道教徒，他创作的目的与《吕祖全传》一样，是为了宣扬道教思想。小说将支离破碎的八仙故事融为一体，叙述了八仙得道的详细经过，情节曲折生动。

4　八仙与名胜古迹

八仙信仰在我国源远流长，影响深远。从宋代至今，全国各地流传着无数关于他们的传说与仙迹。这些传说与当地风土融合在一起，形成了各具特色的八仙名胜。如今由于年代久远，许多八仙胜迹已经湮没无闻，但留存至今的依然不在少数。

与八仙群体有关的名胜古迹最著名的，当数山东半岛的蓬莱。蓬莱是古代传说海中三仙山之一，素有仙境之称，充满了神秘的色彩。相传，著名的"八仙过海"就发生于此地。如今的八仙过海景区，又称"八仙过海口"，坐落于蓬莱城北的黄海之滨，与丹崖山、蓬莱阁毗邻。景区是在原来民间修建的八仙祠基础上扩展而成的；另外，在台湾西部大甲溪上游与大肚溪分水岭上有一座八仙山，这里也流传着八仙过海的故事。相传八仙渡海后来到这里，在山中隐居修真，后来都飞升而去；还有陕西眉县的太白山，属于道教三十六洞天之一，相传钟离权、吕洞宾、韩湘子得道成仙于此。山中有钟吕坪，山顶有拔（八）仙台与大、小文公庙等八仙胜迹，其中大文公庙祭祀的是韩愈，小文公庙则祭祀的是韩湘子。

蓬莱阁八仙过海处

在现存的八仙名胜古迹中，关于八仙群体的并不多，大部分还是关于八仙中某一位仙人的。这其中又以吕洞宾的仙迹最多，以他的名号命名的洞、岩、楼、亭不可胜数。如闻名天下的岳阳楼便与吕洞宾有联系。岳阳楼位于洞庭湖畔，以范仲淹《岳阳楼记》而为天下所知晓。关于岳阳楼与吕洞宾的传说大概从宋元时期就已经流传了。相传吕洞宾曾经三次醉酒在岳阳楼头，凌空朗吟，君山做枕，洞庭弄月，留下了不少的仙迹和诗句。今天岳阳楼旁的三醉亭和对面君山上的朗吟亭，就因吕洞宾的诗句"三醉岳阳人不识，朗吟飞过洞庭湖"而得名。元代著名杂剧家马致远的《吕洞宾三醉岳阳楼》写的便是吕洞宾度化岳阳楼旁松树精的故事，此故事在民间流传极广；还有江西九江市的庐山，其上有一个深约三丈的天然石洞，相传为吕洞宾修仙之处，圆门上刻有"仙人洞"三字。洞北有一条小路，上为悬崖和竹林，被称作"仙

太白山顶拔仙台遗址

路",传吕洞宾修仙时经常往来于此;江西省景德镇东郊大游山腰的石壁上,有一个剑泉。这泉水甘甜清润,终年流淌,相传是吕洞宾路过大游山时所开;浙江杭州灵隐寺西北,有一座吕洞宾炼丹台,相传当年吕洞宾曾在这里修道,建造石台炼丹;等等。

除吕洞宾外,八仙中其他诸仙留存的名胜古迹也不少。举世闻名的赵州桥,便流传着张果老骑驴的传说。赵州桥又名安济桥,为隋代李春监造,是世界桥梁史上技术和艺术完美结合的典范。民间传说是鲁班一夜修好的赵州桥,仙界的张果老想要试一试桥到底有多坚固,于是就约了柴王爷一起来试桥。张果老驴背的褡裢里装着日月星辰,柴王爷的小车上载着五岳山川上了桥。一时间,大桥不堪负重摇晃不已。鲁班一看情况不妙,连忙跳下河来,双手支撑桥身。时至今日,赵州桥上仍然留有张果老的毛驴踩过的蹄痕、柴王爷推车轧的车轮印和鲁班双手撑住石桥留下的手指印；除赵州桥外，五岳之一的恒山也留存着张果老的仙迹。传说张果老曾经在恒山修道炼丹，恒山的步云路上有张果老驴蹄印，会仙府有张果老塑像，果老洞崖上还篆刻有"果老仙迹"四字。

在"山水甲天下"的桂林，也有八仙传说的遗迹。七星岩有一个"葵扇"形状的巨石，民间传说这把扇便是八仙之一的钟离权所留下的；还有西安鼓楼，相传也有钟离权的仙迹。西安鼓楼建于明洪武十三年，在鼓楼上方有一块巨型牌匾，重达三吨，上写"文武盛地"四字，民间传闻此匾是钟离权化成一个杂役书写出来的。此匾额后来毁于"文革"期间，现在鼓楼悬挂的是2005年按照原比例的复制匾额。

八仙中的韩湘子胜迹除了上文提到的太白山外，还有很多。如广东潮州的广济桥，又名湘子桥，建于北宋年间，以"十八梭船廿四洲"的独特风格与赵州桥、洛阳桥、芦沟桥并称中国四大古桥。广济桥既然称湘子桥，当然跟韩湘子有关。民间传说当年韩愈在此担任潮州刺史期间，鳄鱼作乱，韩愈作《祭鳄文》驱逐之，同时又请他的侄孙韩湘子和广济和尚一起造桥。所以人们把桥称为"湘子桥"，又叫"广济桥"；另外，在河北的碣石山也有一个关于韩湘子的传说，相传碣石山原本离海很近，土壤贫瘠，后来韩湘子跟老龙王借地五十里，才使这一带变成了土壤肥沃、物产富饶的宝地。

浙江天台山与道教颇有渊源，相传东汉葛玄、北宋张伯端都曾在此修道，现在天台山风景区内的桐柏山即为道教南宗祖庭。桐柏山中有座琼台，琼台上有个石椅，人称"仙人座"。每当月明之夜，登上琼台，坐上石椅，环顾月下群山，犹如进入梦幻仙境，妙趣无穷，这就是著名的天台八景之一——琼台夜月。当地传说，八仙之一的铁拐李就曾住在琼台对面的万年山上，经常来琼台赏月，并在这里度化了吕洞宾；

还有福建省崇安县的武夷山也有关于铁拐李的传说。相传此地酿造的米酒十分醇美,铁拐李常来此处喝酒,并将酒介绍给王母开蟠桃宴会使用。不巧宴会上,酒坛不慎落入九曲南岸山中,那酒坛便化成了武夷山的一座奇峰,矗天直立,人称"酒坛峰"。

参考文献

1　吴光正：《八仙故事系统考论》，中华书局，2006年。

2　党芳莉：《八仙信仰与文学研究》，黑龙江人民出版社，2006年。

3　吴光正主编《八仙文化与八仙文学的现代阐释：二十世纪国际八仙论丛》，黑龙江人民出版社，2006年。

4　王汉民：《八仙与中国文化》，中国社会科学出版社，2002年。

5　山曼：《八仙信仰》，学苑出版社，1994年。

6　赵杏银：《八仙故事源流考》，宗教文化出版社，2002年。

7　张崇富：《济世度人——八仙传说及其启示》，宗教文化出版社，2010年。

8　宗力、刘群：《中国民间诸神》，河北人民出版社，1986年。

9　卢海荣：《八仙》，山东画报出版社，2004年。

10　马书田：《全像八仙》，江西美术出版社，2007年。

11　阎秀文：《八仙故事》，吉林文史出版社，2010年。

12　张振谦：《八仙早期成员徐神翁信仰考述》，《宗教学研究》2011年第3期。

13　陈月琴：《八仙群体的演化发展及其形成》，《中国道教》1992年第1、2期。

14　王汉民：《八仙小说的渊源暨嬗变》，《明清小说研究》1999年第3期。

15 王汉民：《八仙形象的形成与发展》，《民族艺术》2000年03期。

16 王汉民：《八仙与宋元明清之道教》，《民族艺术》2001年01期。

17 尹蓉：《八仙的组合及其文化内涵》，《民族艺术》2005年01期。

18 尹蓉：《论八仙中的何仙姑》，《民族艺术》2004年01期。